Das liegt am Wetter

Band 1

Bild- und Textmaterial sind urheberrechtlich geschützt.
Ähnlichkeiten mit Personen sind rein zufällig und nicht
beabsichtigt.

DAS LIEGT AM WETTER

BAND 1

VON
JO BERGER

Beim Lesen dieser Lektüre ist es gestattet, zu lächeln und sich ein Loch ins Knie zu grinsen.

Warum braucht ein Mensch eine Multifunktionspulsuhr? Was ist das Geheimnis erotisierender Flaschenrückgabeautomaten und wieso müssen extrovertierte Vielblubberer nicht unbedingt zu den Schaumschlägern gehören?
Jo Berger durchleuchtet, seziert und analysiert diese und mehr Fragen mit einem Augenzwinkern.

Bibliografische Information der Deutschen Nationalbibliothek:
Die Deutsche Nationalbibliothek verzeichnet diese Publikation in
der Deutschen Nationalbibliografie; detaillierte bibliografische
Daten sind im Internet unter: http://dnb.dnb.de abrufbar

Print-Ausgabe: 2. Auflage, September 2014
Copyright © 2014 Jo Berger, Weinheim, All rights reserved
Herstellung und Verlag
BoD - Books on Demand, Norderstedt

ISBN: 978-3-7357-8171-0

Alle Rechte vorbehalten.
Umschlagabbildung: Fotolia.com
Umschlagsgestaltung: Jo Berger

INHALTSANGABE

Beziehungsweise
  Dreimal die Woche ist nicht genug   1
  Der Sex des kleinen Mannes   6
  Warum sollte er ausgerechnet Dir treu sein?   8
  Adonis und der Eispickel   13
  Blender, Scheiner, Augenwischer   18
  Nicht ohne mein Östrogen!   21

Mutterliebe
  Schluss mit lustig?   26
  Sorry, die Hypophyse   29
  Hallo, Schatz! Wie war dein Tag?   34
  Einmal Haustier, bitte!   38
  Lehrer Ribb   45

Körperliches
  Kopulinchen   51
  Männerwaden   54
  Multifunktionspulssensorenmessdings   57
  Der Frühling kommt auf leisen Socken   63
  Von kleinen Zielen   67

Ernsthaftes
  Warme Decken   72
  Aus! Zeit!   75
  Spaziergang mit Danny   78

Kontakt   81

Lesen Sie auch …   82

Beziehungsweise

Dreimal die Woche ist nicht genug

Alle zwei bis drei Monate sucht mich meine gute Freundin Dora auf und klagt mir ihr Leid. Grund ihres Unmuts ist immer und grundsätzlich Berthold, Doras Lebensgefährte seit einigen Jahren. Ich mag Berthold nicht. Berthold ist ein Egoist und bejammert sein Leben. Immerfort und überall. Berthold ist Berthold. Allein der Name zwingt zum Umdrehen.

Der Ablauf der zyklischen Katastrophe gestaltet sich stets ähnlich. Das Telefon klingelt und noch bevor mein Ohr den Apparat berührt, blafft es mir entschlossen entgegen: »Ich komm vorbei. Sofort!«

Diese Äußerung duldet keine Antwort, sie erwartet puren Aktionismus.

Behände jage ich Mann und Kind aus dem Haus, öffne eine Flasche Wein und zünde eine Kerze an. Kurz darauf klingelt es. Dora steht vor der Tür. Mal am Boden zerstört, in unermesslichen Selbstzweifel versunken, mal wütend und entschlossen. Verletzt und gedemütigt hatten wir auch schon. In jedem Fall jedoch knallt Dora mir den Rucksack des unerschütterlichen Vorhabens, Berthold zu verlassen, vor die Füße.

Wenn ich so darüber nachsinne, wurde bereits die komplette Palette von Gefühlsregungen, welche sich innerhalb einer schlecht funktionierenden Partnerschaft einnisten können, abgerufen. Ausgesprochen faszinierend, wie eine kontinuierlich ähnlich ablaufende Situation unterschiedlichen Färbungen unterliegen kann.

Es bleibt interessant.

Wir, mein stets weiser Ehemann und ich, haben unsere Alltagsplanung bereits darauf ausgerichtet. Feste Termine sind zwei Wochen vor Bertholds Geburtstag, drei Wochen vor Weihnachten, kurz vor Ostern, Anfang August und der 12. Juni.

»Der hat sie doch nicht mehr alle!« Dora schimpft wie eine entrüstete Elster, lässt sich auf den Stuhl fallen und zündet sich eine Zigarette an.

Ich reiche ihr ein Glas Wein, nicke verständnisvoll und setze mich ihr gegenüber. Schweigend. Die Augen Interesse bekundend auf sie gerichtet sage ich kein Wort.

»Der ist nicht ganz dicht. Total bekloppt! Arschloch! Ach was! Reicht nicht! Doppelarsch!«

Als Nächstes wird sie kundtun, dass sie ihn verlässt, weil er immer nur Sex will. Der stünde ihm zu. Alles täte er für sie und sie zeige keine Dankbarkeit. Und ihm wäre es total egal, wie sie sich fühlt: lustlos, überarbeitet, entkräftet, krank oder wandelnd im tiefen Tal des prämenstruellen Syndroms.

»Immer will der Sex! Morgens, mittags, abends. Ich kann nicht mal eine Bluse wechseln, ohne dass er gleich scharrt wie ein geiler Ochse!«

»Nein!« Ich reiße die Augen auf.

»Doch! Dann wirft er mir vor, dass er alles für mich tut und ich nichts für ihn! Geht gar nicht!«

»Nein, überhaupt nicht!« Ich schüttele wild den Kopf, runzle die Stirn und haue auf den Tisch.

»Der kommt nach Hause, jammert, wie hart sein Tag war und will …, du weißt schon!« Sie nimmt einen großen Schluck vom Rotwein: »Harter Tag. Biederer Bürostumpfsinn eines kleinen Bilanzbuchhalters. Harter Tag! Pah! Dass ich nicht lache!«

»Braucht er vielleicht einen körperlichen Ausgleich?«, versuche ich besänftigend einzulenken, ohrfeige mich jedoch gleich wieder, weil ich diesen Satz jedes Mal sage.

»Ausgleich? Du meinst Entspannung? Entspannung!« Sie gestikuliert wild mit den Händen in der Luft. »Wenn ich mich entspannen will, geh ich die Badewanne oder lese ein Buch. Der ist doch nicht normal. Schließlich arbeite ich auch den lieben langen Tag und führe dazu noch den Haushalt. Hallo?«

»Aber echt!«

»Eben! Und wenn ich nicht will, ist er sauer und macht sich ein Bier auf.«

»Und dann gibt er Ruhe?«

»Ach wo!« Dora verschluckt sich fast am Scotch, zu dem sie übergegangen ist.

»Dann wird er gemein! Gemein wird der dann. Er wirft mir vor, dreimal die Woche ist nicht genug. Ein Mann wie er bräuchte täglich!«

»Täglich …«

»Ja. Also bitte! Das stünde ihm zu, sagt er! Wenn ich ihn lieben würde, dann würde ich es ihm zu Gefallen tun. Und weißt du was?«

»Was?«

»Irgendwie finde ich ihn abstoßend, wenn er was getrunken hat. Auch, wenn es nur ein Bier ist.«

»Wie lange seid ihr zusammen?«

»Fünf Jahre! Ganze unerträgliche FÜNF Jahre!«

»Trinkt er erst seit kurzem Bier?«

»Äh, nein?«

»Hm …«

»Was soll ich sagen …« Dora schaut mich mit Entschiedenheit an und legt die dramatische Pause ein, die sie jedes Mal einlegt. Denn laut Drehbuch wird sie mir jetzt mitteilen, dass sie ihn verlässt.

Ich zähle: Vier, drei, zwo …

»Ich verlasse ihn. Heute noch!«

»Klar.«

»Diesmal endgültig!«

»Mal wieder?« Ich neige meinen Kopf und schaue sie von unten herauf an. Ein gewagter Vorstoß.

»NEIN!«, echauffiert sie sich »Dieses Mal unwiderruflich!«

»Du meinst es Ernst?«

»Ja!« Sie wischt sich mit dem Handrücken Schaum vom Mundwinkel. »Jeden Tag Sex ist echt anstrengend.«

»Was? Wieso? Ich denke dreimal die Woche?«

»Na ja, Peter ist ja auch noch da.«

Welcher Peter? Noch bevor ich nachfragen konnte, klingelt ihr Handy. Berthold. Der Rotwein ist leer. Ich weine ein wenig.

Der Ablauf des Gespräches ist mir nicht ganz unbekannt. Er variiert lediglich bei diversen *Ähms* und *Achs* und ist kurz wiedergegeben: »Hm, ja, hm. Ach! Ähm, sicher …, ja …, ich dich auch. Bis nachher.« Dora legt auf und grinst. »Er will mir morgen eine Ganzkörpermassage mit Orangenblütenöl geben. Ist er nicht süß?«

Kopfschüttelnd spreche auch ich nun dem Scotch zu. »Und Peter?«

»Hat andere Qualitäten.«

Na dann, bis Ostern.

Der Sex des kleinen Mannes

Warum reißt sich meine Freundin darum, meiner leeren Flaschen, in monatelanger Messiemanier unter meinem Schreibtisch im Büro gesammelt, habhaft zu werden, um anschließend wie eine Entfesselte zu Aldi zu fahren? Ich weiß es nicht. Ich kann es nur erahnen.

Es ist ein wunderbarer Moment, sagt sie, wenn die leere, scheinbar wertlose Flasche mit einem Flupp-grlgrl-Plöpp vom Automaten eingezogen wird und dieser in der Folge Geld ausspuckt. Ein Gefühl der Akzeptanz und Anerkennung. Der Mensch gibt etwas von sich her und es wird angenommen und darüber hinaus entlohnt.

Tolle Sache! Oder einfach nur das Minimalprinzip? Mit läppischem Einsatz jede Menge herausbekommen. Klar: Sie hat die Flaschen weder bezahlt noch ausgetrunken und gehortet. Sie steckt sie lediglich in die dafür vorgesehene Öffnung und bekommt Zaster für ein Plopp. Feine Sache. Oder doch nicht? War das schon alles?

Warum reißt sich mein Mann nicht darum? Wieso ist es ihm angenehmer, vor dem Brötchenausspucker als am Flascheneinziehgerät zu stehen? Müsste es nicht umgekehrt sein? Nicht die Frau, sondern der unkomplizierte Mann dürfte sich im Grunde nichts Schöneres vorstellen können, als etwas in eine Öffnung zu stecken, was mit viel Geraune entgegengenommen und darüber hinaus noch entlohnt wird.

Und warum tun sie es nicht? Ich fürchte, die Sache ist viel simpler als sie scheint. Liebe Flaschenrückgabeautomatenhersteller! Die Öffnung ist zu groß! Viel zu groß. Und viel zu leicht einsehbar! Das geht nicht! Da wird dem Jagdinstinkt des Mannes ein Schnippchen geschlagen: siehe, da ist ein Loch, da musst du das Reintun.

Blöd. Viel zu offensichtlich!

Produziert in Gottes Namen kleinere Löcher und umgebt diese rundherum mit dünnen Plastiklappen. Wenn überdies noch ein kurzes Vakuum erzeugt werden könnte, welches das *Flupp* volltönend und wohltuend erklingen lässt, dann ist auch diese Zielgruppe erreicht.

Liebe Leserinnen und Leser: Sollten Sie wider Erwarten ein männliches Wesen am Flascheneinzieher verzückt Plastikflaschen in den Automaten schieben sehen, lächeln sie verständnisvoll: In der Not frisst der Teufel Fliegen.

Warum sollte er ausgerechnet Dir treu sein?

Neulich lauschte ich in einem Café ungewollt einem Gespräch am Nebentisch.

Zwei Freundinnen unterhielten sich über die Beziehung der einen Dame, die sich lautstark echauffierte, dann weinerlich die missliche Lage bejammerte und schließlich versuchte, die Situation zu sondieren, analysieren und zu erklären. Dabei fand sie erstaunlicherweise Entschuldigungen für die Treulosigkeit ihres Partners, wobei die Freundin zustimmte. Es war von Paartherapie und Geduld die Rede.

Die Hoffnung stirbt zuletzt. Diesen Spruch muss eine Frau erfunden haben. Warum? Weil wir gerne analysieren, recherchieren, jeden Gedanken dreimal durch den Fleischwolf drehen und neu formen, um keine noch so kleine Eventualität zu übersehen. Wir diskutieren, zensieren, kontrollieren, ziehen Parallelen und Schlüsse, werfen alles wieder um und beäugen nochmals genau. Wir bereden, besprechen, zerpflücken, zerstückeln, differenzieren, entflechten. Dabei verirren wir uns immer weiter und sind zum Ende der Mühsal genau so schlau wie vorher. Dann enden wir gerne mit dem Satz: »Ich werde einfach nicht schlau aus ihm!«

Und warum? Weil Männer überbewertet werden. Zumindest einige von Ihnen. In jedem Fall aber die Exemplare, deren Frauen sich obigem Gedankenmüll aussetzen. Und das sogar freiwillig. Weil sie glauben, sie könnten es ergründen, das »Mysterium Mann«. Sie wären der Schlüssel zum Tor der Erkenntnis. Sie und nur sie könnten ihn Bekehren, begehren, umkrempeln, erwecken.

Fehlanzeige!

Bei der Sorte der EWUs, der »ewig Untreuen«, ist Hopfen und Malz verloren. Sie werden immer das grüne Gras auf der anderen Seite im Auge haben und naschen wollen. Die saftigen Halme rufen lieblich, wiegen sich lasziv im Wind und versprühen den betörend frischen Duft jungen Grases. Dem kann der Ewu nicht widerstehen. Er will es. Und zwar regelmäßig, bitteschön.

»Nein!«, höre ich die empörten Ausrufe, »Mein Hans-Dieter ist nicht so einer! Er hat es nur von seinem Vater übernommen. Er kennt es nicht anders.«

Ja, ist klar, Mutter Theresa. Errette mal schön weiter. Der Hans-Dieter hat dich als Hafen auserkoren, weil du so verständnisvoll und hoffnungslos idealistisch bist, und alles andere ist die schöne große weite Welt. Punkt. Mehr ist nicht drin. Gestern nicht, heute nicht und morgen ebenfalls nicht.

Wie hast du ihn denn bekommen, den Hans-Dieter? War er ein Ich-trauere-noch-meiner-Ex-hinterher-Pussy oder ein Ich-bin-in-meiner-Beziehung-unglücklich-Pinser? In beiden Fällen ist es recht wahrscheinlich, dass die Damen seine Eskapaden mehr als satthatten oder aber den Rettungsversuch als gescheitert ansahen, was bei solchen Frauen meistens und leider einem persönlichen Versagen gleichkommt.

Ewus sind bequem!

Nur keine Anstrengungen, bitte. Sie gleiten überaus wendig und geschickt um etwaige Stolperfallen herum und schmücken ihren Slalom mit einschmeichelnden Worten (Du bist die Einzige, die Beste! Bei dir kann ich mich gehen lassen. Keine versteht mich so wie du) und facettenreichen Aufmerksamkeiten mehr. Dabei gelingt es ihnen, dass die Frau sich schuldig fühlt, oder zumindest in der Verantwortung für sein Tun. Sie sagen sich Sätze wie:

Seit das Kind da ist, haben wir ja auch so wenig Zeit füreinander

Na ja, am Anfang unserer Beziehung (vor einem Jahr) hatten wir schon öfter Sex.

Er hat zurzeit so viel Stress im Beruf. Er braucht Freiräume.

Gegebenenfalls aber auch:

Wir wohnen zusammen (sind verheiratet, verlobt, ...), also muss er mich lieben!

Also Bitte ... Ganz ehrlich? Nö!

Ein Ewu sichert sich die Grundversorgung (waschen, putzen, kochen, regelmäßiger Sex, allgemeine Ordnung und Übersichtlichkeit in

Kontoauszügen, Steuererklärungen und das paarweise Zusammenhalten von Socken), um sich außerhalb der Einfriedung so richtig frisch zu fühlen.

»Aber das macht doch kein Mensch!«, höre ich überzeugte Ausrufe, »Das ist doch total anstrengend. Diese Lügerei, dieses Vertuschen, dieses, dieses Doppelleben!«

Lebensunfähige Womanizer?

Für einen Ewu ist es wesentlich strapaziöser, sich um sich selbst zu kümmern. Vordergründig scheint der Ewu ein Schwerenöter zu sein, ein Charmeur und sensibler Verführer. Wortgewandt mit Esprit und Witz schart er die Hälmchen um sich. Er strahlt, suhlt sich im Anblick seines Spiegelbildes und sammelt Telefonnummern wie die Kinder früher die Sammelbildchen. Dabei grast er ein wenig hier und ein bisschen dort, bevor er sich auf dem frischen Stroh im heimischen Stall ausstreckt und sich erholt.

Im Grunde seines Herzens ist der Ewu nicht wirklich lebensfähig, stets unsicher und auf der Suche nach Selbstbestätigung, weil er selbst beim Bügeln des bügelfreien Hemdes an seine Grenzen stößt und seine Kontonummer für gewöhnlich mit der Telefonnummer verwechselt.

Nein, du kannst Hans-Dieter nicht erretten, nicht bekehren, nicht umkrempeln oder überzeugen. Nein, auch eine Paartherapie hilft nicht.

Ein Festhalten an einer solchen Beziehung dient in keinem Falle dem eigenen Glückszustand, außer, die Dame hat sich die Bekehrung des Lasterhaften als oberste Priorität auf die Fahne geschrieben, weil sie überzeugt ist, die Einzige zu sein, die dies fertigbringt. Sie muss es ja schließlich sein, weil ...

(setzen Sie nun bitte ihre diversen Vermutungen hier ein)

Der Arterhaltung scheint eine solche Beziehung nicht sonderlich dienlich. Trotzdem kommt es gerade bei solchen Verbindungen vermehrt zu spontanen Schwangerschaften mit der Begründung: Ein Kind wird unsere Liebe festigen!

Noch mal: Solche Typen binden sich gerne auch ohne üppige Gefühle dauerhaft. Ehen sind hier durchaus nicht ausgeschlossen, sondern die Regel.

Also, warum sollte er ausgerechnet DIR treu sein?

Adonis und der Eispickel

Leben Sie in einer glücklichen Beziehung oder streben Sie eine an?

Fragen Sie sich auch manchmal: Was zeichnet eine gute Partnerschaft aus? Vertrauen, Respekt, das Achten der persönlichen Dinge und Grenzen des anderen? Freiräume, Offenheit, Loslassen, Zuhören? Sicher, all das und vieles mehr, was mir zur Stunde nicht einfällt.

Vor nicht allzu langer Zeit stellte ich diese Frage einer Bekannten. Nennen wir sie Anna.

»Anna«, fragte ich, »Was sind für dich Merkmale einer gut funktionierenden Beziehung?«

»Hm, da muss ich eine Weile nachdenken«, sprach sie und fing an zu denken.

Nach zwanzig Minuten wurde es mir dann doch etwas lang. Ich hakte nach: »Und?«

»Ja ...«, holte sie lang aus und blickte dabei suchend zur Decke, »Aufmerksamkeit, glaube ich. Er zeigt mir, dass er mich liebt. Täglich.«

»Wie?« wollte ich Ahnungslose erfahren.

»Er massiert mir jeden Abend die Füße«, kam die prompte Antwort, die mich ebenso prompt verstummen ließ.

Nun, ich mag einfältig sein, aber ich kann mir beim besten Willen nicht vorstellen, dass ein Mann freiwillig und ohne Hintergedanken die

Füße seiner Angebeteten massiert. Schon gar nicht täglich. Unabhängig davon, dass ich diese Geste nicht als Liebesbeweis einordne. Das weitere Gespräch mit Anna brachte keine neuen Erkenntnisse und war somit für die Füße. Wie ich erfuhr, trennte sich der selbstlose Mann einige Monate später von Anna. Er hatte andere Füße kennengelernt.

Also, was ist denn nun das Rezept für eine gute Beziehung? Wann ist man glücklich, oder glaubt zumindest, es zu sein? Was tut der Mensch, um sich sein Glückshologramm permanent vor die Birne zu projizieren?

Erschreckend finde ich die Beschönigungen, die bei jedem Beziehungsstress mal murmelnd, mal entschuldigend oder auch im Brustton der Überzeugung aus der Tasche gezogen werden: »Wenn er nichts getrunken hat, ist er total nett«, oder »Ich mag mich nicht anfassen lassen, wenn er nur EIN Bier trinkt.« Auch gut ist: »Er hat sich schon immer einmal die Woche mit seiner Exfrau getroffen …« Immer wieder gerne genommen: »Ich finde seine Eifersucht süß!«, »Es ist rein freundschaftlich«, »Er kann sich einfach nicht merken, wo seine Socken liegen«, oder ganz übel: »Männer sind halt so.«

Da gärt und köchelt es im Untergrund. Ach was, ist normal. Alles super. Nette Kinder, tolles Haus, schicker Wagen. Das gibt man nicht auf, wenn man es hat, oder strebt es an, wenn man es eben noch nicht hat. Also wird in die Tasche gelogen, als gäbe es kein Morgen mehr. Mit viel Glück und Ausdauer hält das so lange, bis die Kinder aus dem Haus sind.

Dabei ist eigentlich alles ziemlich einfach. Ähnlich wie beim Joggen. Nur nicht in den Schmerz hineinlaufen.

Plitscherplätscher. Liebesbeweise hin und her, für mich persönlich ist es ganz simpel. Ich schließe keine Kompromisse. Zumindest nicht bei Menschen. Diese Zeiten sind vorbei.

Verbringe eine erste Nacht mit einem Mann und stelle am nächsten Morgen fest, dass du seinen Morgenduft nicht magst. Diese Beziehung ist dann recht schnell erledigt. Die chemischen Zusammensetzungen haben sich für die weitere Evolution als nicht geeignet erwiesen. Ich kenne keine Frau, die jahrelang mit einem Mann zusammen ist, dessen Aroma sie spontan dazu veranlasst, sich angewidert wegzudrehen. Wenn es eine solche Frau doch geben sollte, zählen bei ihr eben andere Werte. Wenn Sie eine kennen, rufen Sie mich an! Irreparable Schäden des Geruchssinnes zählen nicht.

Eines Tages kommt ein Adonis daher. Die Nase gibt ihr Okay. Das Gefühl ist gut und verheißt nur Gutes. Er bringt seine Zahnbürste mit. Das Herz hüpft vor Freude. Das erste Mal wird die zerdrückte Zahnpastatube noch zu geschraubt – allerdings nicht von jenem wohlriechenden Geschöpf. Auch ein zweites, ein drittes Mal. Die freundliche Ermahnung an die gottgleiche Gestalt verpufft unerhört. Das gute Gefühl bekommt den ersten schwarzen Fleck. Dennoch: Diesem guten Gefühl wird die Fahne hochgehalten, weil nicht sein kann, was nicht sein darf.

Haare im Waschbecken, offenes Duschgel, zerknüllte Handtücher auf dem Boden, Single-Socken in jeder Ecke. Zum Schluss stört der ganze Mann. Hast du gesehen, wie der die Gabel hält? Geht gar nicht.

Einst Adonis und nun: ein einziger Störfaktor. Der schwarze Fleck auf dem guten Gefühl ist längst einem roten Tuch gewichen. Und warum? Weil er die Gabel wie einen Eispickel hält und diese Eigenart Schlüsse auf sein Innerstes zulässt? Nein. Viel einfacher. Der Typ passt so wenig zu dir, dass dein Unterbewusstsein hysterisch von innen an die Scheibe klopft. Aber so etwas blendet man ganz gerne mal eben aus.

Die Realität zwingt immer zu einem Kompromiss. Meiner ist zeitlebens das Badezimmer. Es ist immer zu klein oder hat kein Fenster oder beides. Wer weiß, irgendwann ist es mir vielleicht nicht mehr wichtig und dann kommt es, das große Bad mit der entsprechenden Wohnung drum herum. Oder auch nicht. Offensichtlich ist es das, was mir entspricht. Ein kleines, fensterloses Badezimmer. Andere Frauen schlagen sich mit schlagenden oder trinkenden Partnern herum oder werden permanent betrogen. Im schlimmsten Falle bekommen sie einen für alles. Ich bekomme kleine Badezimmer.

Jedem das, was ihm entspricht. Wie schnell und ob der Mensch, der sich so gerne selbst belügt dahinter kommt, steht in den Sternen und ist Stoff für so manche tiefenpsychologische Abhandlung und Aufarbeitung von Kindheits- und sonstigen Traumata.

Um uns herum fallen die Ehen wie die Fliegen. Der Freundeskreis unserer Tochter besteht aus fünfzig Prozent Scheidungskindern, die sie entsprechend nur jedes zweite Wochenende treffen kann, weil das Töchterlein am Ersten bei Papa ist, der aber leider in Unter-Schönmattenwag oder Linsengericht wohnt.

Wie dem auch sei, den Märchenprinzen gibt es genauso wenig wie das Traumloft für lau und ich esse lieber Linsengerichte, als dort hinzuziehen.

Zwar habe ich immer noch keine Ahnung, was das Glücksrezept für eine Beziehung ist, aber eines weiß ich: »Fußmassage« gehört nicht zu den Zutaten.

Anna hat einige Zeit später einen Masseur geheiratet.

Blender, Scheiner, Augenwischer

Haben Sie schon einmal bemerkt, dass selbstunsichere Personen, welche jedoch in ihrem Grundtypus eher extrovertierter Natur sind, unheimlich viel reden?

Sie reden nicht nur viel, sie reden in der Regel auch viel Müll und finden sich selbst unheimlich toll. Das Kuriose daran ist: Sie denken tatsächlich, sie könnten es. Reden, sich selbst darstellen, beeindrucken. Sicher, solche Menschen hinterlassen einen wie auch immer gearteten Eindruck. Möglicherweise können sie reden, darstellen, beeindrucken. Sprachgewandte Scheiner mit oberflächlichem Charme. Sie blenden eine Weile. Dann ist das aber auch gut. Die Ernüchterung folgt auf dem Fuße nach dem Öffnen des Deckels. Spätestens dann, wenn man die Gelegenheit hatte, auf den Grund zu schauen.

Ähnlich wie bei einer Anti-Falten-Augencreme. In der Werbung hochgepriesen. Schön verpackt. Handschmeichelnd und extravagant kommt sie daher. Ein Hochgefühl überkommt uns, wenn wir sie im Regal entdecken. Wir öffnen die Verpackung und ziehen etwas heraus, das dem Bild in der Werbung recht nahekommt, jedoch nur halb so groß ist!

Die Begeisterung hat somit ihren ersten Knacks. Die Erwartungshaltung Part I wurde nicht bedient. Egal, der Inhalt - wenn nun auch etwas karger als erhofft - scheint vielversprechend. Nach einer Woche ist das Döschen leer. Der Finger stößt früher als gemutmaßt auf den Boden der Tatsachen, weil dieser zwei Zentimeter dick ist, was man von außen natürlich nicht erkennen konnte. Wer liest schon den mikroskopisch kleinen Hinweis der Milliliter-Angabe auf der Rückseite der Verpackung ganz unten links?

Trickreich manipulative Suggestion! Und Falten hab ich immer noch. Erwartungshaltung Part II und III wurde ebenfalls nicht bedient. Diese Creme wird künftig weiträumig umgangen und bei der nächsten vorab die Verpackung geöffnet und der Boden unter die Lupe genommen.

Bei Menschen ist das bedauerlicherweise nicht so einfach. Vielschichtige Einzelkomponenten erschweren das Erkennen eines solchen Typus. Ähnlich wie Scharlach. Es gibt 98 Streptokokken-A-Erreger, die sich frei Laune zusammenrotten und Scharlachpartys feiern. Scharlach kann rote Bäckchen machen, muss aber nicht. Scharlach ist auch nicht immer mit Ausschlag verbunden. Abhilfe schafft hier nur eine genaue Inaugenscheinnahme in Form eines Abstriches. Extrovertierte Vielblubberer mit parasitärem Lebensstil müssen nicht unbedingt Blender sein. Erlebnishungrige Bungee Jumper auch nicht. Manchmal lohnt ein Blick hinter die Fassade.

Bleibt die Frage: Wie also erkenne ich einen, wenn er mir begegnet? Wahrscheinlich gar nicht.

Zumindest nicht bewusst. Vielleicht beeindruckt solch ein Mensch im ersten Stepp, übt Faszination aus. Das unmittelbare Zweitgefühl könnte dann Aufschluss geben. Kennen Sie das? Sie lernen einen Menschen kennen, der sie beeindruckt. Sie schütteln ihm die Hand und irgendetwas veranlasst, innerlich einen Schritt zurückzutreten. Tritt dies ein, bleiben sie dort. Das Bauchgefühl vermittelt oftmals genau die richtige Einschätzung, auch wenn sie nicht bis ins Hirn vordringt. War die Werbung jedoch so gut und eingängig, dass wir das Produkt bereits geöffnet in der Hand halten, hilft nur noch Schadensbegrenzung. Umtausch ausgeschlossen.

Für die Zukunft: Nicht mehr kaufen und die nächste Mogelpackung ungeöffnet zurückgeben. Vorausgesetzt, sie wurde als Solche erkannt.

Nicht ohne mein Östrogen!

Mit ungefähr der Mitte des vierzigsten Lebensjahres scheint es erstrebenswert, persönliche Ziele, soweit vorhanden, annähernd erreicht zu haben oder sich zumindest in einem gewissen Zustand der Zufriedenheit zu befinden.

Gehen wir davon aus, das Projekt *Zielerreichung* oder *angenehmer Zufriedensheitspegel* wurde in weiten Teilen umgesetzt, so lehnt man sich zurück, schaut sich das Ganze bewusst an und resümiert: alles wunderbar. Kann so bleiben.

Dann packt sie dich, die Erkenntnis, dass du massiv auf die Wechseljahre zusteuerst oder schon direkt drin bist. So genau kann das keiner sagen, weil dieser Mist bei Frauen gut 15 Jahre dauern kann. Die Grenzen zwischen Beginn und Ende sind fließend und können nicht mal hundertprozentig über einen Hormontest fixiert werden. Je nach Tageszeit, Laune, Fett- und Antibiotikumgehalt der Vortagesmahlzeit.

Mal ehrlich: haben wir als Frau nicht sowieso schon und völlig ungerechtfertigter Weise den Stempel des schwachen Geschlechtes? Kurz aufgelacht. Wir pubertieren im Laufe eines weiblichen Lebens gleich zweimal und zwischendrin bekommen wir einmal im Monat Bauchkrämpfe, welche sich immer den besten Zeitpunkt, wie zum Beispiel den jährlichen

Urlaub, aussuchen. In jungen Jahren werden wir schlagartig mit Östrogen zugeschüttet, die Brüste wachsen, die Hüften werden rund, die Pickel sprießen. Nach einer Weile lichtet sich das Hormonchaos und wir haben uns daran gewöhnt, mehr oder weniger.

Knappe dreißig bis fünfunddreißig Jahre später spult der Film rückwärts. Das Östrogen hat keine Lust mehr und zieht sich zurück. Der langsame Rücklauf jedoch funktioniert nicht in allen Bereichen so, wie wir es gerne hätten. Ich gebe zu, die Zeit ohne diesen monatlichen Dorn stelle ich mir recht angenehm vor. Die dämlichen Begleiterscheinungen jedoch müssten nicht sein. Hat das Östrogen damals Brust und Hüften wachsen lassen, läuft das jetzt nicht unbedingt umgekehrt. Blöde Sache. Die Brüste schrumpfen zwar, das Gewebe aber bleibt und zieht nicht nur deine Selbstachtung nach unten. Die Hüften schrumpfen allerdings nicht. Schön wäre es. Nein, sie wachsen weiter, weil sich der Stoffwechsel ohne sein Östrogen auch nicht mehr so frisch fühlt und in aktive Altersteilzeit wechselt. Er ist zwar noch da, arbeitet jedoch nur noch anteilig. Wir setzen mehr Fett um die Körpermitte an, um das in kalten Wintern zu schützen, was wir dann sowieso nicht mehr brauchen. Totale Fehlplanung.

Könnten wir nicht auf die letzten Meter noch mal schön schlank, glatt und gerafft sein? Nein, können wir nicht, weil die Natur vorsieht, nur die

Gebärfreudigen und –fähigen ins Beuteschema fallen zu lassen. Verabschiedet sich bei uns das letzte Ei, können die Herrschaften noch so lange Nachwuchs zeugen, bis sie tot überm Pissoir hängen. Das ist der Gipfel der Evolutionsunverschämtheiten. Wenn dann kein finanzielles Polster zur besonderen Verfügung träge auf dem Konto liegt, um die Vielfalt der Schönheitschirurgie auszutesten, wird man sich weise und erhaben dem ganz natürlichen Prozess überlassen müssen. Wenn ich es mir so recht überlege, ich das angesichts der zuhauf in den Medien vertretenen Botox-Monster sicher nicht das Falscheste.

Wir Frauen müssen irgendwann mal während der Schöpfung ganz laut »Hier!« geschrien haben. Hier, wir nehmen das künftige Leid aller Menschen auf uns und bluten prophylaktisch einmal im Monat vor! Scheint bis heute ein gut funktionierendes Modell zu sein. Läuft immer noch. Never change a running system. Aufregen bringt nichts.

Und die Männer? Das starke Geschlecht? Meine lieben Damen, liebe Mütter und Verbündete. Mal ehrlich, wie vielen Männern gebt ihr die Chance eine Geburt zu überleben? Richtig. Keine. Die Menschheit wäre ausgestorben, würde das starke Geschlecht präventiv vorbluten. In der Jugend kämpfen sie ebenfalls mit Pubertät, dem einhergehenden Stimmbruch und die einzige Flüssigkeit, die je nach Beanspruchung unter

Umständen mehr als einmal monatlich den Körper verlässt (und nichts mit der Niere zu tun hat), ist nicht rot und stets willkommen. Wie angenehm.

Kommen wir in die Wechseljahre, kommen sie in Midlife-Crisis. Das klingt nicht nur besser, ist es auch.

Haben wir Schweißausbrüche, weil die Hormone versuchen, sich auf Teufel komm raus gegenseitig zu ersetzen, haben sie Schweißausbrüche, wenn die nette junge Nachbarin ein zartes, junges »Hallo« haucht.

Leiden wir unter Schwindelanfällen, weil der Körper sich umstellt, ist ihnen blümerant, wenn sie zu viel trinken oder sich mit Mitte fünfzig noch mal ins Cabrio setzen (das sie sich erst jetzt leisten können) und zu schnell fahren.

Was für uns der Töpferkurs zur Selbstfindung ist für sie die neue junge Frau mit dem Wahnsinnshintern unterhalb unverdorbener Lebenslust.

Ist die Midlife-Crisis nichts anderes, als der verzweifelte Versuch eines alternden Mannes, seine Samen nochmals erfolgreich in die Welt zu streuen? Das Resümee in der Lebensmitte? Reichen ihm Frau und Kinder? Ist der Job der richtige? Hat er alles getan, was er tun konnte? War es das jetzt? Er stellt seine Erfolge infrage und sich in Szene. Einige setzen dann noch mal ganz neu auf.

Wenn ich detailliert darüber nachdenke, dann haben wir Frauen nicht nur die Wechseljahre, sondern zu allem Überfluss die Midlife-Crisis gratis dazu. Auch wir ziehen Resümee und so manche fragt sich, ob es das jetzt war mit der 120-Kilo-Flachzange auf dem Sofa, die Arsch und Hirn nicht mehr hochbekommt.

Wir versuchen, uns zu erhalten. Sie versuchen, sich zu vermehren. Ganz simpel eigentlich, wenn man es schwarz-weiß sieht. Tun wir aber nicht, dafür sind wir Frauen. Wir sind verständnisvoll und beleuchten immer alles von allen Seiten, um es allen anderen und uns selbst recht zu machen. Wir sind stolz darauf, was wir sind und insgeheim wissen wir, dass das vermeintlich »starke Geschlecht« unterhalb von Weicheiern begrenzt ist. Und trotzdem lieben wir es!

Warum erzähle ich das alles? Nun ja, ab Mitte vierzig ist man eben keine dreißig mehr.

Mutterliebe

Schluss mit lustig?

Die meisten Erdenbürger wollen Kinder in die Welt setzen. Das ist gut so und zur Erhaltung und Fortführung unserer Spezies ein durchaus erfolgsversprechendes Modell. Nebenbei natürlich eine großartige Sache, und obwohl häufig praktiziert, immer wieder eine einzigartige und ganz individuelle Geschichte. Das Schönste, was es gibt.

Oder etwa nicht?

In dem Moment der Mutterwerdung beginnt eine Frau zu ahnen, was in dem Kleingedruckten gestanden haben könnte. Natürlich hat sie es nicht gelesen. Natürlich nicht, denn sie sind so viel versprechend, aufbauend und rosarot, die netten Floskeln und Ratschläge, die vor der Hochzeit, Geburt oder dem Termin zur Wurzelspitzenresektion großzügig verteilt werden.

Lediglich ein kleiner Schnitt über dem Zahn. Die Wurzel wird gekappt und alles wieder zugenäht. Keine Sache. Mhm, ja, klar. Die Realität fesselte mich mit beidseitig aufgeklapptem Zahnfleisch auf den Zahnarztstuhl, während der freundliche Kieferchirurg mit einer jaulenden Kreissäge die Zahnwurzel durchsäbelte, was einen widerlichen Gestank verursachte. Es schien mir, als hätte der eifrige Säbler seinen Spaß, sagte er doch Dinge wie: »Ja, schön, wunderbar, jetzt hamern gleich, den Übeltäter. Ach, sauber, sauber! Haha, da isser ja, der Schlingel.«

Leider konnte ich seinen Gesichtsausdruck dabei nicht sehen, da mir ein grüner OP-Fetzen quer über dem Gesicht hing. Aber ich hätte mein letztes Giotto darauf verwettet, dass seine Augen glänzten und Sabber von den Lefzen tropfte.

Was hat das mit Mutter sein zu tun? Nichts. Bis auf eines: Es wird dir erzählt, die Zeit der Schwangerschaft ist die schönste Zeit. Und wissen Sie was? Stimmt. Denn was die Gutmeiner und Schönredner damit sagen wollen, ist nicht: »Die Schwangerschaft ist schön«, sondern »Genieße die Zeit! Wenn das Kind da ist, dann war es das erst einmal für die nächsten fünfzehn bis zwanzig Jahre mit Happy Banjo«.

Verstehen Sie mich nicht falsch. Tatsächlich ist Elternsein das Interessanteste, Beste, Großartigste und ja, auch Schönste, was es gibt. Nichts auf der Welt ist so emotional, persönlichkeitsentwickelnd und von unermesslicher Liebe geprägt wie das Großziehen eines Kindes. Aus reinem Selbstschutz blendet unser Hirn üble Erfahrungen wie Wurzelspitzenresektionen, die letzte Kfz-Rechnung, Geburt, chronischen Schlafmangel und Pubertät einfach aus. Im Nachhinein ist alles nicht mehr so dramatisch und die lieben Kleinen schliefen quasi ab der ersten Nacht durch.

Die Ankunft eines Kindes könnte verglichen werden mit einem Aufgeben von allem bisher Erreichten. Na ja, fast zumindest. Stellen Sie sich vor, Sie packen ihren Rucksack, geben die bisherige Bleibe auf und ziehen in die Welt. Bevorzugen Sie mitten im Wald bitte die Abzweigung, welche nicht aussieht wie eine. Wählen Sie den wurzeldurchzogenen, zugewachsenen Weg, der mit Warnschildern ausgestattet ist und Sie ins Irgendwo führt. Sie wissen nicht, über wie viele Wurzeln sie stolpern werden, welche Überraschungen noch so auf Sie bei dieser Wegbegehung warten, in welche tiefen Löcher Sie fallen werden. Und wo Sie rauskommen, wissen Sie erst recht nicht. Allerdings sind auch die umwerfend schönen Viewingpoints unbekannt, die kleinen großen Glücksmomente und das verdammt gute Gefühl, eben diesen Weg genommen zu haben.

Nehmen Sie eine Machete, Geduld, Zuversicht, jede Menge Humor, ganz viel Liebe, und vergessen Sie Ihren Partner nicht.

Umdrehen ist nicht.

Sorry, die Hypophyse

Wussten Sie schon, dass eine Frau sobald sie ein oder mehrere Kinder zur Welt bringt, nicht mehr folgerichtig Schlüsse ziehen oder eine komplexere betriebswirtschaftliche Berechnung ausführen kann? Nein? Dann lesen Sie weiter.

Bis dahin war ich der irrigen Annahme erlegen, Kinderkriegen sei eine Sache von höchstens ein paar Stunden, die Zeit der Schwangerschaft nicht eingerechnet. Völlig falsch!

Genauso wie die Vermutung, Lappen dienen lediglich zur Säuberung diverser Gegenstände. Klar. Keine Frage. Oder doch nicht? Genau. Auch hier: völlig falsch.

Als halbwegs gebildete Mutter weiß ich heute, dass es Vorder-, Mittel- und Hinterlappen gibt. Und die sind wichtig, sehr wichtig sogar. Insbesondere für gebärende Frauen.

Gemeint ist die Hypophyse. Auch als Hirnanhangdrüse bezeichnet. Zur Verdeutlichung: Der Begriff kommt aus dem Griechischen und bedeutet so viel wie »das unten anhängende Gewächs«, obwohl sich dieses Etwas direkt in unserem Hirn befindet und ich es in der deutsch-wörtlichen Übersetzung eher dem Manne zugesprochen hätte. Genauer ruht diese Drüse unmittelbar oberhalb und in etwa zwischen den Augen. Also dort, wo man hinzielt, wenn man beabsichtigt, sich einer ungeliebten Person auf ewig zu entledigen.

Dieser Teil unseres Körpers verändert sich dramatisch, während man vergnügt dabei ist, ein kleines Menschlein wachsen zu lassen. Das Absurde hier: Es ist Jacke wie Hose, ob man kastriert wird oder schwanger ist. In beiden Fällen schwillt die Hypophyse an, nimmt Veränderungen an besagten Hirnlappen vor und bringt einen dazu, wirre Dinge zu tun wie Schokoriegel mit Senf zu essen oder den Partner anzubellen, weil er bereits zum wiederholten Male unerträgliche Geräusche beim Fußnagelklipsen produziert.

Diese Tatsache wurde mir klar, als ich ausgesprochen umfangreich beim Frauenarzt auf meinen Termin wartete und mir in stoischer Gleichmütigkeit einen Artikel über Veränderungen im Körper während der Schwangerschaft durchlas. Da kam Licht in mein Mysterium und nebenbei auch in das meines Mannes; schließlich war ich eines für ihn geworden.

Die Hypophyse war schuld! Ich war nicht bescheuert, sondern schwanger und da hat diese Hirnanhangsdrüse, deren lautmalerische Bezeichnung zunächst an ein Nilpferd erinnert, einiges mitzureden. Endlich hatte ich eine Entschuldigung für all meine verbalen Fehltritte. »Verzeihung, Schatz, du weißt doch, meine Hypophyse!«

Wie dem auch sei, die Schwangerschaft ist vorbei, das Kind ist da und dann ist alles wieder in Ordnung. Nein! Ist es nicht! Die niedlichen Läppchen verwandeln sich nämlich nicht wieder zurück. Die bleiben, wie sie sind. Was aber nicht heißen soll, dass ich nun mein Lebtag ungenießbares Zeug verschlingen werde. Die Veränderung vollzieht sich viel dramatischer. Sie wühlt sich subtil in alle Lebensbereiche. Latent und doch offensichtlich.

Ich gehe nicht mehr shoppen! Ich gehe einkaufen. Zielgerichtet und vernünftig. Und ich kaufe nicht etwa Schuhe für mich, nein, ich kaufe Kinderklamotten, Glitzerhaarbänder und Lutscher. Pizza, Cheeseburger & Co waren gestern. Heute koche ich gesund, mineral- und vitaminreich und auf die Frage meines Mannes, wann wir mal wieder skaten gehen, schaue ich ihn nur verständnislos an und teile ihm entrüstet mit, dass ich schließlich einmal die Woche beim Kinderturnen zu finden sei. Was geben mir Theaterbesuche oder ein Konzert von Toto, wenn ich auch vorm Kinderkarussell stehen kann?

Das hätte mir mal vorher einer sagen sollen! Vor der Schwangerschaft noch milde belächelt, schlägt es danach mit voller Wucht zu und das Schönste daran ist, man merkt es nicht. Der Partner schon, die Umwelt auch, man selbst nicht. Da wiederum ist nicht allein die Hypophyse schuld, die ich ständig und unentwegt als Entlastungsbeweisstück aus der Jackentasche ziehe. Der Umstand der Mutterschaft reicht aus. Macht das Ganze nicht wirklich einfacher.

Was soll´s. Ich kann gleichzeitig kochen, telefonieren, meine E-Mails abrufen und die Hausaufgaben meiner Tochter überwachen. Das soll mir erst einmal einer nachmachen! Ich habe die Herrschaft und den Überblick über die Temperatur meiner Tochter, dem Liebesbarometer meines Mannes, der halbjährlichen Identitätskrise meiner Freundin, die familieneigenen Finanzen, den Bewegungsdrang eines gefräßigen Hundes und schaffe es mittlerweile trotzdem noch, den Kühlschrank zu bestücken und meine unqualifizierten Zellen ins Büro zu schleppen, um produktiv tätig zu werden.

So! Und was habe ich davon?

Unübersehbar klebt mir der Stempel »Verantwortungslose und total überforderte Rabenmutter« auf der Stirn.

Schande über mich. Also schaue ich nach rechts auf die Zweifachmutter und Nur-Hausfrau. Und was erhascht mein getrübter Blick? »Gluckende Übermutter mit viel Zeit zum Nichtstun.«

Also Mädels, bekommen Kinder so viel ihr mögt. Die Hypophyse mischt sich ein, ob ihr wollt oder nicht. Und der Rest der Welt auch.

Als Mutter könnt ihr euch mit größtmöglicher Mutterliebe der Erziehung widmen, nebenbei euren Doktor nachholen, ein Buch schreiben und in einem Frauen-Netzwerk mitmischen, während ihr wohlgeformte und wunderbare Geliebte eines treuen Ehemannes seid. Es ist garantiert falsch. Aber wir haben eine Entschuldigung.

Sorry – die Hypophyse!

Hallo, Schatz! Wie war dein Tag?

Hin und wieder fühle ich mich ein wenig wie ein Hamster im Laufrad. Man sagte mir, das sei normal, so ginge es vielen berufstätigen Müttern.

Tagein, tagaus dröhnen die mahnenden Glöckchen des Hamsterrades. Hausaufgaben, Haushalt, Einkauf und zum zweiten Mal an diesem Tag den Hund übers Feld zerren. Die innerliche Liste wird abgehakt. Mehrmals stündlich, täglich, wöchentlich, monatlich und bitteschön mit wachsender Begeisterung.

Habe ich seit heute Morgen eigentlich mal in den Spiegel geschaut?

Sie kennen das, oder? Sie kennen das, ich erzähle Ihnen nichts Neues. Vielleicht mögen Sie jetzt denken, was will die eigentlich? Ich habe drei Kinder, zwei Hunde, eine Katze, fünf Meerschweinchen, arbeite halbtags und Sonntagsmorgens trage ich Zeitung aus. Oder: Was soll ich sagen? Ich bin alleinerziehend und habe nicht mal einen Mann! Sorry, Mädels. Alles richtig, alles schlimm. Aber uns verbindet etwas: wir sind alle Mütter und wir gehen alle bis zu unserer Belastungsgrenze. Ich gebe zu, meine mag da nicht ganz ausgereizt sein. Aber auch Belastungsgrenzen sind subjektiv. Schauen wir unsere Kinder an. Der kraftaufreibende Akt des Müllrausbringens einmal täglich lässt sie zu

Äußerungen wie: »Immer muss ich hier alles machen« hinreißen.

Die Rollen sind klar verteilt.

Der Blick auf die Uhr verrät: Das Kind kommt in fünfzehn Minuten aus der Grundschule nach Hause. Die vierte Klasse ist hart. Die Anforderungen sind hoch, die Entscheidungen für die weiterführenden Schulen und bis zu drei Klassenarbeiten pro Woche stehen an. Die Nachkommastellen haben massiven Stellenwert. Schnell irgendetwas kochen. Nur was? Natürlich etwas Gesundes, mit essenziellen und Omega-3-Fettsäuren, vielen Vitaminen. Ausgewogen, sättigend, schmackhaft: Brokkoli und Fischstäbchen!

Meine Güte! Am vormittags Profits and Losts und kurz darauf Gassigang in Matsch und Pfützen. Was sind wir berufstätige Mütter doch für Allrounder! Tausendsassas, Alleskönner, Eier legende Wollmilchsäue, stets flexibel und einsatzbereit, nie krank – und wenn doch, dann wird das auf Termin zwischen Elternabend und »Anpassen der Zahnspange« gelegt. Natürlich erst nach dem Büro, dem Gassigang, dem Mittagessen; nach dem täglichen Hausaufgabenterror, das heißt, wenn dann noch Zeit bleibt. Also eigentlich nie. Wir sind nur während des Schlafens krank und da schlafen wir uns gesund. Das und vieles mehr meistern wir sogar noch mit veränderter Hypophyse. Leider weiß meine Tochter nicht, was das ist und wenn, würde sie sich gleichgültig ein Ei drauf pellen.

»Ich hasse Fischstäbchen!« Das unwissende Wesen zerstochert den gepressten Fisch und kaut angewidert auf dem Brokkoli herum. Der Hund beschließt, sein wallendes Fell direkt in der Küche zu schütteln, wobei sich das getrocknete Schlamm-Wasser-Gemisch großzügig verteilt.

Verzweifelt suche ich an der Zimmerdecke ein Erfolgserlebnis. Ich will ja nicht viel. Nur ein »Mhm, lecker Brokkoli, Mama!«, von der Tochter oder ein »Hallo Schatz, hast du abgenommen?« von meinem Mann oder – immer wieder gerne genommen – auch ein » Sie haben sich eine Gehaltserhöhung verdient und nehmen sie sich doch einfach diese Woche mal frei!«, von meinem Chef.

Mir wird nachgesagt, ich wär ein hitzköpfiger Typ. Mag sein. Allerdings erlerne ich mit zunehmendem Alter das innerliche Aufbrausen. Ich sitze, lächle, ignoriere, starre Löcher in die Luft oder in den PC-Bildschirm und denke: »Blast mir doch alle mal den Schuh auf. Soll die heiß geliebte Dreckschleuder doch in den Garten kacken, ich werde einen verdammten Teufel tun, bei so einem Scheißwetter durch Pfützen zu latschen und Bällchen zu werfen! Hattu fein Kacka gemacht! Ganz fein! Buckel runterrutschen! Iss Schokolade zu Mittag!

Dann lächle ich mein zauberhaftes Kind an, tätschle userm Hund den feuchten Kopf und sage sanft »Morgen gibt es Spaghetti!«

Und wahrscheinlich wieder Regen.

Tochter kapiert Mathe nicht und ich bin schuld. Wer sonst? Mütter sind immer schuld. Alternativ derjenige, der gerade zugegen ist. Das ist bei schulpflichtigen Kindern in die Regel die Mutter. Also bin ich schuld. Meine zaghaften Versuche, mich in die Problematik einer simplen Division zu vertiefen und die ganze Sache mit den Augen meines Kindes zu sehen, werden unterbrochen von hektischem Gebaren unseres vierbeinigen Familienmitgliedes. Mein stets gut gelaunter Mann kommt nach Hause. Die Küche ist immer noch total versaut, das Kind tobt und er stellt die ultimative Frage: »Hallo Schatz, wie war dein Tag?«

Einmal Haustier, bitte!

Verläuft das Leben gleichmäßig und ohne große Überraschungen, wiegt man sich in Sicherheit: So kann es bleiben, so ist es gut. Gelegentlich jedoch wird der Mensch leichtsinnig und setzt die geliebte Ordnung aufs Spiel. Beispielsweise dann, wenn Kinder vorhanden sind und die Sprache auf Haustiere kommt.

Die grundsätzliche Aussage, welche nach 12 Jahren tierloser Ehe zu treffen ist, bis heute unverrückbare Gültigkeit hat und von mir niemals infrage gestellt wurde, ist folgende:

Ich bin eine glückliche Ehefrau. Mein Mann ist nicht einfach nur mein Mann, sondern auch Partner, guter Freund und von Zeit zu Zeit auch Leidensgenosse. Aber das ist eine andere Geschichte. Wir sind ein eingespieltes Team und stolze Eltern eines liebreizenden, gelegentlich widerspenstigen Kindes mit dem huldvollen Namen Ella. Wir bewohnen ein Haus in einer gefälligen Siedlung am Rande der Stadt, ruhige Lage und erstrebenswerte Spucknähe zur Autobahn inklusive. Möchte ich mit der Straßenbahn fahren, benötigt es lediglich ein paar leichtfüßige Schritte rechts aus unserer Haustüre heraus und - hüpf - rein ins Gefährt. Zur Bushaltestelle wende ich mich leicht nach links. Schwupps und drin. Das ist praktisch. Nur nachts nicht. Da nämlich stört das Bimmeln der OEG-

Ampel-Warnanlage, die uns alle halbe Stunde mitteilt, dass die Zeit bis zum Weckerklingeln nahe rückt. Wir haben uns daran gewöhnt und schlafen mit Ohrstöpseln. Das blecherne Surren der Schranke, wenn sich diese herablässt und nach einigen Minuten, untermalt vom Bimmeln, wieder öffnet, versuchen wir noch in unsere Träume einzubauen.

In einer dieser schlaflosen Nächte überzeugte mich mein Mann mit einer rettenden Idee: »Schatz, lass uns vom Transsibieren-Express träumen. Da lässt sich das Bimmeln dieser Drecksschranke so schön einbetten«.

Ich fand »einbetten« gut und passend. Seitdem steigen wir ab Einbruch der Dunkelheit beseligt ins Bett und treten unsere gemeinsame Reise an, bis es wieder hell wird.

Unsere Nachbarn sind größtenteils netter, aufgeräumter Durchschnitt und jeder pflegt sein Reihenhausgärtchen mit Hingabe, ohne rechteckig und bieder zu sein. Eine kaum erwähnenswerte Ausnahme bildet ein älteres, am Ende der Straße wohnendes Ehepaar. Dieses ist stolzer Besitzer eines übersichtlichen, mit Inbrunst gepflegten Vorgartens, der sicherlich drei Bierkästen fasst und geometrisch einwandfrei mit akkurat rund geschnittenen Buchsbaumkügelchen bestückt ist. Damit dieses Kunstwerk niemand zerstört, schmückt ein Stahlzaun in unauffälligem Braun, welches vorzüglich mit dem Altrosa des Hauses harmoniert, das Anwesen. Aber auch diese Nachbarn verhalten sich stets einwandfrei, sind angenehm höflich und bis auf den Gartenzaun noch nicht straffällig geworden.

Wir sind also, wie schon gesagt, eine glückliche, kleine Familie. Ganz die Norm, nichts Außergewöhnliches. Nett, normal, beruhigend.

»Ihr seid so herrlich normal«, beneidete mich jüngst eine Freundin. Ich gebe ihr Recht. Allerdings hat sie nett und beruhigend vergessen. Bei Gelegenheit werde ich sie darauf ansprechen.

Doch zu einer Zeit des Wandels bestimmte meine kleine sanfte Tochter unerwartet energisch: »Mama, ich will ein Haustier!«

So ist das eben. Wenn die Zeiten pädagogisch wertvollen Spielzeugs der Vergangenheit angehören, sucht man nach anderen Dingen. Diverse Forschungen belegen, dass Kinder mit Haustieren, vor allem mit Hunden, über eine größere soziale Kompetenz verfügen und eher bereit sind, Verantwortung zu übernehmen, als Kinder ohne direkten Tierbezug.

Sie sind meist bewegungsfreudiger, zugleich ruhiger und ausgeglichener. Sie sind also zu Unzeiten gedämpft aktiv und das kann bisweilen erstrebenswert sein. Außerdem ist erwiesen: Einzelkinder können von Fall zu Fall Defizite im Sozialverhalten aufweisen. Auch reiben sie sich nicht an Geschwistern, sondern an den Eltern, vorzugsweise an der Mutter.

Im Prinzip war ich bereits überredet.

»Und was schwebt dir da vor?«, wollte ich von meinem blauäugigen Kind wissen.

»Ein Pferd!«

»Ein Pferd ist kein Haustier!«, widersprach eine männliche Stimme hinter dem Computer.

»Ist es doch! Es kann im Garten leben!«

»Wie wäre es mit einer Katze?« warf ich ablenkend in die Runde.

»Schatz!« Vorwurfsvollen Blickes wandte sich der Vater unserer einsamen Tochter mir zu. »Du weißt, dass ich allergisch gegen Katzen, Hasen und Meerschweinchen bin!«

»Mir egal!«, brüllte es jetzt von dem tierlosen Einzelkind, »ICH bin aber nicht algerisch! Papa kann ja ausziehen!«

»Ich ziehe nirgendwo hin. Soweit kommt es noch …!«

Schmollend bohrte unser kleiner Sonnenschein mit dem großen Zeh Löcher in den Teppich. Während ich verzweifelt grübelte, welcher tierische Artgenosse infrage kommen könnte, zupfte mich etwas am Ärmel. »Du Mama, wenn der Papa tot ist, krieg ich dann einen Hasen?«

»Ja klar, dann kriegst du einen Hasen, Süße.« Ich knabberte gedankenverloren am Daumennagel und mein Herzblatt schaute mich dankbar an.

Warum? Was hatte ich gerade gesagt? Was lautete noch gleich ihre Frage? Katze? Hase? Wer ist tot?

»Papa?«, säuselte unser Liebchen zart. »Wann stirbst du denn?«

»Du stirbst?« Irgendwie hatte ich den Faden verloren.

Ella schaute ihren Vater durchdringend an. Nahezu hypnotisch. Offenbar erwartete sie, dass ihr Erzeuger tot vom Stuhl fallen würde.

Der beschloss jedoch spontan, jetzt noch nicht abzutreten, trat stattdessen zu uns an den Tisch und gab seinem Unmut lautstark Raum. »Seid ihr noch zu retten!?«

Ich versuchte, das Gespräch weg von Tod und Teufel auf ein anderes Gleis zu lenken. »Ein Fisch wäre toll, oder? So ein Nemo in einem Glas«. Gleichzeitig lächelte ich versöhnlich meinem Mann zu: *War nicht so gemeint, verzeihst du mir?*

»Nemo ist doof!«

»Eine Maus«, kam der männliche Vorschlag. Er zwinkerte zurück: *Weiß ich doch, schon okay.*

»Maus ist auch doof!«

»Hamster?«, warf ich träge in die Runde.

»Total blöd!«

Eine Weile saßen wir uns schweigend gegenüber und suchten nach Alternativen. Doch weder Fußboden, Geheimschublade noch

Zimmerdecke gaben etwas Brauchbares her. Schließlich, sich endlos ziehende zweieinhalb Minuten später, fand unsere Tochter als Erstes eine bahnbrechende Idee: »Ein Hund!«

Sie verblüffte mich mit ihrer Raffinesse, die sie natürlich von mir hat, und richtete diese Frage mit engelsgleichem Blick an ihren Vater. »Einen Hund, Papa. Bitte, bitte, bitte.«

Alle »Bittes« hier aufzuzählen würde zu weit führen, also belasse ich es bei drei. Es waren jedoch deutlich mehr. Gefühlte fünfundzwanzigtausend. Eher mehr.

Mein Mann und ich schauten uns skeptisch an. Ein Hund. Dreimal am Tag Gassi. Fusselige Haare im ganzen Haus. Ein Dreck und Fell verlierendes, sabberndes Betteltier, welches unserer klinisch reinen Ella genießerisch das Gesicht ableckt, wenn wir gerade nicht hinsehen? Konnten wir uns vorstellen, gelassen und heiter zu bleiben, wenn Goldlöckchen einträchtig mit einem verfressenen Kläffer vor dem Napf sitzt und die beiden sich das Trockenfutter teilen? Und überhaupt, was so was kostet!

In stiller Übereinkunft nickten wir uns zu. Wer von uns würde den, nach sorgfältigem Abwägen getroffenen Beschluss dem winzigen, voll banger Erwartung erstarrten Wesen überbringen? Seufzend falteten wir die Hände.

Ellas Augen wuchsen auf die Größe von Billardkugeln. Sie krallte sich in die Stuhllehne, während sie heiser flüsterte:« Ein Hund …, ein kleiner Hund …, nicht viel …, nur so klein.« Ihre verkrampften Finger formten die Umrisse eines Straußeneies.

»Also, wenn, dann ein richtiger Hund! Mit so einer Straßenratte kann ich nichts anfangen«, brummte mein weiser Mann und zwinkerte unserem siebenjährigen Wonneproppen zu.

Ich richtete mich zu voller Sitzgröße auf, um dem Begeisterungsturm standhalten zu können, der nun auf dem Fuße folgen musste. Gespannte Vorfreude ließ uns Eltern erzittern. Gleich würde sie uns um den Hals fallen, Freudentränen ihre unverdorbenen Wangen benässen.

»Ich dachte schon, ihr könnt euch nie entscheiden«. Unser ausgesprochen wohlgeratener Sprössling verdrehte kurz die Augen, sagte es, stand auf und stellte im Weiteren ungerührt fest: »Ich hab Hunger. Wann gibt's Essen?«

»Gleich!«, hauchte ich mütterlich gefasst.

»Was denn?«

»Hotdogs!«

Lehrer Ribb

Neulich besuchte mich mein alter Freund Bernhard Ribb. Wie er sagte, befände er sich auf dem Weg zur Grube Messel bei Darmstadt, wo er sich unbedingt ein Stück Petrefakt, einen versteinerten Prachtkäfer mit Erhalt der primären Strukturfarben, ansehen möchte.

Noch während seines herzlichen, ribbtypischen Händedruckes, leicht zu feste Umklammerung meiner Hand mit kaum spürbarem Schütteln, wies er mich mit Nachdruck darauf hin, dass bei Weitem nicht jedes Fossil im Gegensatz zur Versteinerung mineralisiert wäre. Dabei übersah er vermeintlich unbeabsichtigt meinen verwirrten Gesichtsausdruck.

Denn weder ahnte ich, was sich hinter einem Petrefakt verbarg, noch erleuchtete sich mir der tiefere, unverfälschte Charakter von primären Strukturfarben. Gerade mal den Begriff Prachtkäfer bekam ich vage zugeordnet. Ich freute mich trotzdem, ihn zu sehen.

Bei einem Tässchen Kaffee erzählten wir über Dies und Das und Jenes und ich stellte wieder einmal fest, dass mich Ribbs Erzählweise stets etwas anstrengte, aber auch amüsierte. Der wache, interessierte Blick, die neckischen Lachfältchen um die Augen herum, dies alles macht ihn zu einem sympathischen, humorvollen Endfünfziger.

Ribb ist stolzer Lehrer an der Werkrealschule St. Hubertus im Ort Mettendorf, wo er mit Herzblut unter anderem Schüler der kleinen, beschaulichen Ortschaft Fischbach-Oberraden der Verbandsgemeinde Neuerburg des Eifelkreises Bitburg-Prüm unterrichtet. Er befindet sich bereits im dreißigsten Jahr seiner Lehrertätigkeit im Bereich der experimentellen Naturwissenschaften, federführende Mitwirkung im Kollegiumsausschuss lineare Kausalkette zum Thema Niveaukonkretisierung und Springer im Fach Bildende Kunst. Ich kenne keinen, der seinem Beruf so demütig untertan ist, wie Ribb. Keinen. Nicht mal mich selbst.

Auf meine Frage, wie es ihm denn so als Lehrkörper zurzeit erginge, sprudelte es nur so aus ihm heraus: »Die Kinder! Die Kinder! Ich sage dir, die Jugend von heute. Also nee, das glaubst du nicht! Aber ich stehe drüber, sag ich, drüber stehe ich.«

Er nahm einen hastigen Schluck Kaffee, bevor er weiter ausführte: »Paul Klee. Sagt dir was? Sicher doch, sicher doch. Also, Paul Klee, der Meister der zeitentbundenen Zeichensprache in Formen und Farben, dieser gewaltige Geist kindlicher und analytischer Werke.«

»Ja und?«

»Ich weiß, ich weiß. Die Schüler sind innerhalb ihrer Strukturen bei Weitem nicht in der Lage das ungemein tief liegende Konzept des Meisters zu erfassen. Also versuchte ich, meinen Schülern seine Werke als Unterrichtselement in Form von Bildvorlagen nahe zu bringen.«

»Bilder ausmalen?«

»Ja, so kann man es auch bezeichnen«, er nahm seine Brille ab, putzte sie sorgfältig und setzte sie wieder auf seine gerade Nase, »Die Vermittlung der tendenziellen Gegenwart lag mir dabei sehr am Herzen.«

»Aha …«

»Ja, und aus diesem Grunde kam mir die Idee eines Mitschülers, leise Hintergrundmusik während des Ausmalens, also die Vermittlung der Parallelprojektion sowie das Erlernen der Fluchtpunktperspektive, zu hören gar nicht so unpassend daher. Dagegen gab es nichts einzuwenden.«

»Ja, hat sicher Spaß gemacht. Welche Musik denn?«

»Bravo Hits. Völlig unkritisch, völlig unkritisch. Meinte ich zumindest.«

»Oh, was ist passiert?«

Ribbs Ausführung hierzu in wörtlicher Rede auszubreiten würde Sie als Leser und vor allen Dingen mich als Schreiber in Gänze überfordern. Lassen Sie mich nur so viel sagen:

Ribb verteilte die Ausmalblätter an die Schüler und versicherte währenddessen ununterbrochen, dass er den CD-Player nach dem Austeilen und dem Zücken der Malstifte umgehend anschalten würde. Ganz sicher, ja er schalte ihn an. Gleich. Ruhe jetzt! Ja doch! Sobald der letzte Schüler auch anfängt, auszumalen. JA! GLEICH! Kevin! Setz auch du dich hin! Torben, Moment. Ja, du kannst auch Rot nehmen für den Hals. Durchaus. KEVIN! Nimm die Finger vom Gerät! Bereits hier verschaffte ihm seine Angewohnheit, bei Nervenüberdruck in die linke obere Ecke des Zimmers zu starren, ziehende Schmerzen im Nackenbereich. Schließlich kehrte eine wohltuende Ruhe ein. Leises Blätterrascheln verkündete geballte Konzentration eifrig malender Schüler. Ribb lächelte zufrieden und drückte den Startknopf. Die Lautstärke regulierte er auf moderate Hörbarkeit, lehnte sich im Stuhl zurück und betrachtete stolz die gezähmte Schar zwölf- bis dreizehnjähriger Pubertierender, die friedlich und von Bravo-Hits beduselt vor sich hinzeichneten.

Ganze drei Minuten lang.

Dann brach das Chaos aus.

Justin war der Erste, der seine schöpferische Versunkenheit aufgab und zum CD-Player stürzte. Mit einem gezielten Handgriff und dem Ausruf: »Wahnsinn! HANGOVER« drehte er auf volle Lautstärke. Laura, von Fabienne animiert, sang sogleich lautstark mit und Kevin rief: »Das ist Taio Cruz feat. Flo Rida, Herr Ribb. Voll geil!« Miriam brüllte irgendwas von Ruhe und Konzentration, während Charisse Miriana Müller bitterlich zu weinen anfing, weil sie vor lauter Schreck den Stift mit der schwarzen Farbe quer über Paul Klees Ausmalbild gezogen hatte.

Ribb selbst fand nach kurzer Sprachlosigkeit zur gewohnten Stärke zurück und schaltete die Musik aus. Daraufhin begannen 19 von 28 Kindern lautstark zu protestieren, der Rest heulte oder sang noch mit, weil er das Ausschalten des Players überhaupt nicht wahrgenommen hatte. Ein beherzter Brüller des fassungslosen Ribb brachte schließlich Ruhe in die Klasse. Mit Auslassung des Liedes Hangover und moderater Lautstärke kehrte erneut Ruhe ein.

Ribb ließ sich erschöpft in seinen Stuhl fallen und schaute nach links oben. Diesmal nur eine Minute. Dann huschte Marcel nach vorne, nuschelte »Ich hasse dieses Lied« und veranlasste den CD-Player dazu, nach kurzem Reinhören von 12 weiteren Liedern unter voller Lautstärke schließlich den Song 23 abzuspielen. Umgehend war der Raum erfüllt von aktueller Chartmusik und Ausrufen wie Yeah, Geil! Bruno Mars, Mach das weg, du Hirni sowie LAUTER und Verpiss dich vom Player, du Depp.

Justin, Fabienne, Megan und Fox gesellten sich zu Marcel, wobei jeder versuchte, seinen Wunschsong abzuspielen. Charisse kletterte auf Ribbs Schoß und hielt ihm ihr verpatztes Bild unter die Nase, während sie schreiend die Musik zu übertönen versuchte, um ihrem Lehrer mitzuteilen, dass sie Bruno Mars auch schrecklich fände. Chiara, Emily und Aileen probten den neuesten Tanz zu dem Song »Heart Skips a Beat« und der kleine hyperaktive Brian sprang im Takt von Tisch zu Tisch, während Timo auf Marcel einprügelte, weil dieser den Finger in der CD-Hülle eingeklemmt hatte und somit kein Herankommen an CD2 war. Lehrer Ribb versuchte erfolglos, das Mädchen von sich weg zu schieben und gleichzeitig den Lautstärkeregler zu erreichen. Sein Gebrüll verhallte ungehört zu den Klängen von Aviciis Levels.

Schließlich und endlich erlöste ihn der Schulgong zur nächsten Pause. Mit einem Schlag waren keine Bässe mehr zu hören, das plappernde Kind von seinen Knien verschwunden und so schnell, wie die Kinder und die Charts über ihn gekommen waren, verschwanden sie auch wieder. Zurück blieben jede Menge unfertige Ausmalbilder, eine defekte CD-Hülle und ein desillusionierter Ribb mit irreparabel verkrampfter Nackenmuskulatur.

Gestern las ich in der Zeitung: Es wird für die Werkrealschule St. Hubertus im Ort Mettendorf des Eifelkreises Bittburg-Prüm eine Vertretungskraft für das Fach »Bildende Kunst« gesucht. Alle Klassen. Eintritt: sofort.

Körperliches

Kopulinchen

Hatte ich schon erwähnt, dass ich im Gegensatz zu meiner Freundin Silke nicht in der Lage bin, meinen durchschnittlichen Pheromonausstoß in schwindelnde Höhen zu treiben?

Ich gestehe, dass mir ein gewisser Neid nicht fern ist, wenn ich von Silke spreche.

Silke ist der Inbegriff der Erotik. Gibt es eine Reinkarnation, dann war sie sicherlich eine Saloonbesitzerin. Die feurige Silke mit rot wallendem Haar, auf Tischen tanzend und Röcke hebend. Ein Weib zum Whiskey saufen.

Wenn Silke ihr lautes, Lachen versprüht, schmilzt jedes Männerherz dahin. Wenn ich versuche, so zu lachen, läuft sogar meine Schminke davon.

Doch Silke hat ein Problem. Eines chemischer Natur. Sie ist im Besitz eines Geburtsfehlers. Einen, den sich jede Frau wünscht. Sie leidet unter dauerhafter Freisetzung von Kopulinen. Der Frauenarzt, der dies feststellte, konnte kaum an sich halten. Der Internist ebenfalls. Sie ist gesegnet.

Kopuline sind Duftstoffe des Vaginalsekretes. Die Produktion dieser für Männer sehr anregenden Geruchstoffe findet hauptsächlich kurz vor dem Eisprung, währenddessen und kurz danach statt. Also dann, wenn Frau empfängnisbereit ist und somit dem Jagd- und Samenstreuungstrieb der männlichen Gattung entgegenkommt. Kurz: Kopuline sorgen dafür, dass selbst wenig spannende Frauen Sexobjekt und Männer willig werden.

Zugleich haben Kopuline eine entspannende Wirkung auf Männer. Seltsam, ist aber so. Dieses für die Herren so anmutige Muschibukett wirkt Stress reduzierend. Stress ist potenzmindernd. Ergo: Sex ist entspannend. Frauen mit erhöhter Kopulinkonzentration sind also sehr der Regeneration des gestressten Jägers zuträglich. Und die riechen das!

Belegt wurde die Wirkung der fraueneigenen Pheromone, den Kopulinen, durch eine Studie, geleitet von Professor Karl Grammer vom Wiener Ludwig-Boltzmann-Institut für Stadtethologie. Grammer ließ 66 Männer an den Kopulinen schnüffeln und sofort erklärte diese sich bereit, die Dame mit der höchstens Konzentration willenlos zu besteigen. Müßig zu erwähnen, dass ebendiese Unersprießlichste erotisierende Duftstoffe bis zum Abwinken mit sich herumtrug.

Napoleon wusste um diese Dinge. Während eines Feldzuges ließ er seiner Joséphine die Ankunft in einem Brief über einen vertrauten Boten zukommen: »Nicht waschen. Komme in drei Tagen!«

Hoffen wir alle noch im Nachhinein, dass Josie gerade in freudiger Kopulinproduktion stand.

Blöd nur, dass sich dieser Prozess an den wenigen Tagen abspielt, an denen ich mich sowieso nicht unter Menschen begebe – zu ihrem eigenen Schutz. Ansonsten ist es so, wie es ist: Da kann ich mich schminken und breit lachen, wie ich will, da konzentriert sich noch lange nichts Kopulinähnliches im Schritt.

Also Mädels: Parfüm weglassen, einfach mal in entsprechenden Zeiten kurz durch den Schritt fahren und die Ohrläppchen betupfen. Wirkt garantiert. Fragt Silke.

Männerwaden

Es gibt Momente im Leben einer Frau, da möchte sie gerne wegsehen.

Geht aber nicht. Beispielsweise in der Sauna. Als bewanderte Saunagängerin bin ich nach jahrelangem Training in der Lage, innerhalb dieser Lokalität meinen Blick niemals auf Körpermitten gleiten zu lassen, weder von vorne noch von hinten.

Die Folgen könnten dramatische Ausmaße annehmen, wie bei meiner Freundin Silke. Ehemals eingefleischter Jägersauna-Fan bekommt sie heute sofort Brechdurchfall, wenn ich auch nur andeute, sie fragen zu wollen, ob sie mich begleitet, wenn ich das nächste Mal ... Sie wissen schon. Und warum? Weil ein irgendjemand sich bückte und sie zufällig hinsah. Die Therapie kostet sie noch heute ein Vermögen.

Nun, ich schaffe es, völlig isoliert einen Tag im Wellness-Center zu verbringen, ohne auch nur einen verirrten Blick auf diverse Überhänge fleischiger Art zu verschwenden. Ich sitze, schwitze, wechsle von der oberen Bank auf die mittlere, dann auf die Untere, und so lange zähle ich Schweißtropfen. Unter 100 verlasse ich den Raum nicht. Bei Tropfen 45 traf mich der strukturloseste Anblick unansehnlichster Waden seit Menschengedenken. Fläzten sich diese doch just in dem Moment auf der mittleren Bank, als ich eine Stufe tiefer rutschen wollte.

Sie waren weiß, sie waren behaart, sie waren frei von jeder Muskulatur. Unförmig, wie aus einem Stück geschlabbert, vom Schöpfer lieblos ausgerotzt. Tropfen 46 verweigerte den Rutsch über die Nasenspitze und gefror auf der Stelle. Panisch blickte ich um mich. Sollte ich den Träger des entwürdigenden Körperteiles bitten, mich vorbei zu lassen? Ich wagte es nicht. Ging ich doch davon aus, dass der Himmelsvater bei den Füßen begonnen hatte und sich weiter hocharbeitete. Wer weiß, welcher Schalk ihm dabei damals im Nacken saß? Einige Verzeihungs und Entschuldigungs murmelnd krabbelte ich über eine Dame, die erschreckt die Beine zur Brust zog, anschließend über einen jungen Mann, der mir recht freudig erschien, um schließlich zu einem freien Platz zu gelangen, der es mir ermöglichte, den Raum zu verlassen und dabei den Waden den Rücken zu zudrehen. Der Zweck heiligt die Mittel und eine Therapie kann ich mir nicht leisten.

Ab da sah ich Waden in allen erdenklichen Ausprägungen. Ich konnte nicht anders. Sie winkten mir zu. Schamlos entblößt und in all ihrer vielfältigen Pracht hemmungslos zur Schau getragen. Nach einigen Minuten zittrigen Hyperventilierens und drei Schnaps gewöhnte ich mich an den Anblick.

Schlussbemerkung: Die meisten Männerwaden sind in nüchternem Zustand nicht zu ertragen und bewirken bei mir hektisches Zwerchfellflackern. Männerwaden werden umso sorgloser zur Schau getragen, je größer das Geschlechtsteil des Trägers zu sein scheint. Manche scheinen sich nicht darüber bewusst zu sein, dass Frauen nicht nur in die Augen schauen, auf den Geldbeutel, den Hintern oder auf die romantische Seite. Sollte der Inhaber all dieser lobenswerten, jedoch sekundären, Eigenschaften ein Würgwadenträger sein, ist er raus.

Schließlich wollen wir - Achtung: Klischee - unsere stets kalten, wohlgeformten und pediküren Füße an wohlig warme wohlgestaltete Männerwaden kuscheln.

Multifunktionspulssensorenmessdings

Eines Tages war mir danach, mit dem Joggen zu beginnen. Man gönnt seiner Figur ja sonst nichts. Speziell in der Vorweihnachtszeit. Eine flüchtige Bekannte namens Susanne bestärkte mich in meinem Beschluss. Fortan klopfte sie ein- bis dreimal die Woche bei mir an, um mich zu körperlicher Ertüchtigung zu bewegen.

»In einem sportlichen Körper, steckt ein gesunder Geist!«, grinste sie mich frech an, während sie ihre gestählten Muskeln streckte, dehnte und ihre Uhr richtete.

»Was ist das?«, wollte ich mit einem Blick auf dieses überdimensionierte Monstrum wissen.

»Das«, verkündete sie stolz, »ist eine Pulsuhr.«

Sogleich erklärte sie mir alle Funktionen dieses Supermultitools für Läufer. Die misst nicht nur deine Herzfrequenz, sondern auch den Kalorienverbrauch, die gelaufene Strecke, Höhenmeter, wie schnell du bist, und gibt Warntöne ab, wenn du zu viel Tempo machst. Ferner ermittelt sie den V20 Max, deine individuellen Sportzonen, die Herzfrequenzvariabilität und ermittelt jederzeit und allerorts den aktuellen Fitnessstand.

Diese Uhr beeindruckte mich und gab mir gleichzeitig Rätsel auf. »Wie kann die Uhr wissen, wie schnell du läufst?«

»Na, aufgrund der Schritte, die ich mache«, antwortete sie verblüfft und bog sich den Oberschenkel so weit nach hinten, dass es mir in der Leiste zog.

»Die Uhr kann also hellsehen.«

»Nein, du musst sie erst kalibrieren.«

»Aha.« Was fragte ich auch so blöd.

Sie streckte mir ihren Fuß ins Gesicht und tippte mit dem Zeigefinger auf ein schwarzes eiähnliches Etwas, das fest an ihrem Schuh hing.

»Damit«, meinte sie. »Das ist ein Fußsensor. Die Erschütterung misst die Schrittlänge. Du läufst im Stadion ein paar Kilometer und kannst somit die Uhr auf die korrekte Distanz einstellen.«

Anschließend erklärte sie, dass mehrmals die Woche die Daten auf ihren PC überspielt werden. Anhand von wunderbar anzusehenden Diagrammen könne sie ihre eigene Laufverbesserung betrachten.

Und ja nicht die lohnende Pause vergessen.

Was Zuviel war, war Zuviel. Ich wollte nur ein wenig rumtraben und dabei schön schlank werden. Ein Ingenieurs- oder Sportwissenschaftsstudium kam mir darüber nicht in den Sinn. Spontan legte ich Susannes Megainformationstool in der Schublade »Unnötige Dinge« ab und beschloss, nach Gefühl zu laufen.

Wenn ich keine Luft mehr bekam, drosselte ich das Tempo. Wenn es irgendwo ziepte, drückte oder stach, ging ich, anstatt zu joggen.

Verrückte Läufer! Wer brauchte denn so was? Ich nicht.

Mit der Zeit wurde das Laufen zur Routine. Ich ging nicht mehr mit meinem Hund spazieren, wir joggten. Über kurz oder lang liefen die Beine von alleine. Frische Luft durchströmte die Lungenflügel. Ein Hochvergnügen. Kein Vergleich zu Susannes Empfindungen beim Laufen. Liefen wir gemeinsam, schaute sie ständig auf ihre Uhr und hechelte so was wie: «Guter Schnitt.». Nach dem Lauf war sie damit beschäftigt, ihre Werte abzurufen, um sich kurz darauf zu ärgern: zu langsam. Schnitt versaut. Herzfrequenz nicht im optimalen Bereich. Scheiß Ownzone.

Man munkelt, sie überträgt die Daten via Satellit sofort auf den Rechner, um sich unmittelbar an den Lauf die verpatzte Statistik anzusehen.

Ich beschloss, nicht mehr mit dieser Sportskanone Laufen zu gehen. Schlechtes Gewissen. Zu langsam. Schnitt versaut.

Nach einiger Zeit interessierte es mich, wie weit ich wohl gelaufen sein mochte. Am nächsten Tag besorgte ich mir einen Schrittzähler. Begeisterung überfiel mich.

Der erste Lauf zeigt mir 5.238 Schritte. Bei meiner vorher umständlich im Stadion gemessenen Schrittlänge, die exakt 0,92 Meter betrug, war demnach knapp über fünf Kilometer gelaufen. Ich raste nach Hause. Dieser Erfolg musste notiert werden, bevor ich es vergaß.

Schrittlänge: 0,92m, Schritte: 5.238. km: 4,82.

Beglückt starrte ich auf den auf Papier festgehaltenen Knüller. Moment? Wie lange war ich eigentlich unterwegs gewesen? Egal. Ausschließlich die Freude am Lauf stand im Vordergrund.

Tage später wusste ich, dass ich fünf Kilometer in ungefähr in 35 Minuten bewältigte. Susanne staunte und empfahl mir ihre Uhr. Ob ich nicht wissen wolle, wie hoch mein Puls wäre?

Nein, das wolle ich nicht wissen. Wenn er bis zum Halse schlüge, prahlte ich, laufe ich einfach langsamer. Wer braucht schon so eine Monsteruhr. Ich mache mich doch nicht zum Knecht, mach ich mich nicht!

Es war ein wunderschöner Frühlingsmorgen. Mein treuer Hund und ich richteten uns für den Samstagmorgenlauf. Schlüssel, Handy, Leckerlis für die brave Seele, Schrittzähler, Edding und eine kleine Pulsuhr, die ausschließlich den Puls misst. So trabten wir los. Die Ruhe wäre unbeschreiblich entspannend gewesen, wenn es nicht überall an mir gerasselt hätte. Dazwischen kontrollierte ich wiederholt meine Pulswerte und bemühte mich, mit einer konstanten Schrittlänge den Parcours zu meistern. Nach 5.276 Schritten bewegte sich mein Puls knapp unter Lichtgeschwindigkeit und meine Schritte fielen unterschiedlich lang aus. Hektisch zog ich ein Maßband, das ich neuerdings stets mit mir führte, aus der Hosentasche, zückte den Edding und malte mir eine 10-Meter-Laufstrecke auf den Asphalt. Diese lief ich zur Belustigung mancher Passanten mit verschieden Gehweisen und Frequenzen ab. Ebenso, wie ich gelegentlich laufe und jogge, spaziere oder schlendere. Ich lief, joggte, schlenderte, watschelte und rannte die zehn Meter so lange, bis ich eine passable Anzahl verschiedenster Schrittfrequenzen und –längen beieinanderhatte, um ein ausreichendes Mittel zu bilden.

Nach längerer Berechnung stellte sich heraus, dass ich eine durchschnittliche Schrittlänge von 0.87 Metern aufweisen konnte.

Das wiederum bestürzte mich tief. Alle Aufzeichnungen, alle Grafiken, aller Stolz sinnlos. Zwecklos, überflüssig, vergebene Liebesmüh. Meine Schrittlänge brachte es an den Tag. Gewiss hatte ich nicht einmal 4. 85 km geschafft. Vielleicht auch nur drei?

Ich brach heulend zusammen.

Was denn los wäre, fragte mich mein stets mitfühlender Mann an diesem Tag, als ich gebückt durchs Haus schlich.

Von Weinkrämpfen geschüttelt würgte ich hervor: »Mein Schritt ist zu kurz.«

So konnte es nicht weiter gehen. So nicht. Beherzt verschenkte ich Schrittzähler, Pulsuhr, Metermaß und Edding. Sie sollten mich nicht mehr knechten. Nicht binden. Nicht rasseln und beuteln und falsche Auswertungen liefern. Ich wollte frei sein! Beim Laufen an nichts denken. Kein Rasseln, kein Scheppern.

Diese Entscheidung erfüllte mich mit echtem Stolz!

Am nächsten Tag besorgte ich mir eine Läuferuhr. Susannes sehr ähnlich. Brustgurt, Laufsensor, Uhr. Fertig. Kein Rasseln, kein Scheppern.

Seitdem laufe ich entspannt, genieße die Ruhe, erfreue mich an der Natur und werfe hin und wieder einen Blick auf die Herzfrequenz. Und auf das Tempo. Auf die Durchschnittszeit und den V2O Max.

Mist! 6:35er Schnitt.

War auch schon mal besser.

Der Frühling kommt auf leisen Socken

Freuen Sie sich auf den Frühling? Auf die Zeit der leichten Kleidung? Hinfort mit Daunenjacke, Schal und Mützen. Willkommen T-Shirt, Top und offene Schuhe. Lasst Luft und Sonne ran! Endlich ist der Frühling da. Freiheit, Leichtigkeit, Unbeschwertheit. Doch was nützt unverhohlene Vorfreude, wenn das Grauen des nackten Fleisches unverhüllt durch die Gassen schleicht?

Denn der tollkühne Mann zeigt dieses Jahr Bein. Er versteht es wie kein anderes Lebewesen, sich auch im Sommer stilvoll und dezent zu kleiden. Sein oberstes Bestreben ist es, die vollumfängliche Aufmerksamkeit der Damenwelt auf sich zu ziehen und dabei möglichst leger zu wirken. Konsequent beschreitet er seinen Weg maskulinen Schrittes und stolz eingezogenen Bauches.

Und tatsächlich! Es gelingt uns nicht, den Blick abzuwenden, beschämt vorbei zu schauen. Oder sich das Lachen zu verkneifen.

Wie schon vor kurzem bei einem Saunabesuch vergeblich versucht zu ignorieren, präsentieren sich nun käsige Männerwaden in neuem Outfit. Im Bereich der Nacktschwitzer noch hüllenlos zur Schau getragen, werden diese nun mit Hilfe von Socken in Herrensandalen kapriziös in Szene gesetzt. Die Geschmacklosigkeit diverser Latschenträger lässt dabei keine Wünsche offen.

Das erhabene, ja ungeniert selbstgefällige Sockenarrangement auf Sandale veranlasst die optischen Geschmacksknospen zum spontanen Welken. Meist wird dieser Look perfektioniert mit einem in helle Bermudajeans gestopften Karohemd unterschiedlichster Farbgebung.

Meine lieben Herren, Krone der Schöpfung, Rippengeber und Urzeitjäger: Was tut ihr uns da an? Ist das eure Rache auf glänzende Leggins um Cellulitisberge, weiße Nietenstiefel und Schulterpolster? Lasst euch gesagt sein: Socken in Sandalen ist inkompatibel mit Stil. Ohne E.

Der Knigge beantwortete auf eine Frage eines Herren, ob er denn auf lange Hosen Sandalen und Socken trage, könne mit: »Wir tun uns schwer, Ihnen zum Tragen von Sandalen zu raten!«

Dem ist nichts hinzuzufügen. Tut uns einen Gefallen und hört auf Knigge, der ferner meint:

»Für die Herren gilt, dass zwischen Strumpf und Hosenbein niemals ein unbekleidetes Bein sichtbar sein darf, d.h., das Tragen von Socken ist tabu. Auf Strümpfe kann nur verzichtet werden, sofern man meint, Sandalen tragen zu müssen und dafür seine Füße einer regelmäßigen Pflege unterzieht.«

Ist das nun klar?!

Die Kombination »Sandalen mit Socken« liegt bei mir auf der Würgskala bei neun. Auf 10 ungeschlagen führt das »bis zum Nabel aufgeknöpfte Hemd mit dicker Goldkette auf Pelzbesatz«, gleichauf mit Feinripphemdchen an Baseballmütze, dekoriert mit trainingsfreiem Wabbelbizeps in Zartrosa.

Dem guten Geschmack sind keine Grenzen gesetzt. Möglicherweise kommt ein bekannter Modedesigner im nächsten Jahr auf die Idee, Sockensandalen zu entwerfen. Sandale mit integrierter Socke ohne störende Naht. Das wäre doch mal was.

Die Produktvielfalt bietet hier nahezu unerschöpfliche Entfaltungsmöglichkeiten:

Jesuslatschen an Sackleinen

Die Marathonhochleistungssandale mit Silberfäden im Funktionsstöffchen.

Der simple Kunststofftreter mit weißen Querstreifen und Tennissocke im günstigen Kombiangebot mit Handy-Gürtelclip-Tasche.

Für den Wanderer die robuste Kreuzriemensandale an atmungsaktiven, schnell trocknenden und fersenverstärkten Plüschsocken.

Warum nicht für den modebewussten Herren eine in unauffälligem Schwarz gehaltene Feinledersandale mit Businessedelstrumpf? Oder die Transenlackleder-Plateausandale mit halterloser Netzstrumpferweiterung? Nebenbei bemerkt wird es Zeit, dass auch die beliebte Zehenstegsandale, bekannt als Flip-Flops, zu ihrer Socke kommt. Richtig getragen könnte diese den Blicken der Damenwelt bisweilen recht reizvoll begegnen.

In diesem Sinne: Endlich ist der Frühling da!

Von kleinen Zielen

Seit geraumer Zeit versuche ich den Ratschlag einer Freundin, sich überschaubare Ziele zu setzen, mit mehr oder weniger großem Erfolg umzusetzen.

Im Einzelnen betonte sie insbesondere dies eine Ziel: Gelassenheit üben. Nur nicht über Nichtigkeiten aufregen. Ein weiteres ist, große Ziele in viele kleine aufzuteilen. Früher sagte ich mir: „Wenn du zehn Kilometer nicht in 6:30 Minuten pro km zu laufen imstande bist, schäm dich! Das muss drin sein."

Heute laufe ich entspannt zwei bis dreimal fünf Kilometer die Woche oder auch nur einmal drei oder gar nicht, wie gesagt, kleine Ziele. Dabei fühle ich mich gut.

Erst letzte Woche haben mich zwei übergewichtige Walker überholt. Sie grinsten mir schadenfroh zu und ich hob ungerührt den Daumen in ihre Richtung und verzog mein Gesicht zu einem würdevollen Lächeln.

Der Weg ist das Ziel und falscher Ehrgeiz die Bremse dahin. Der Berg ist hoch.

Vor zwei Tagen absolvierte ich meine gemütliche Runde mit gemäßigtem Herzschlag, da lachte mich bei Kilometer Fünf eine aparte Grünfläche mit zwei Parkbänken an. Ach, dachte ich, da findest du jetzt einen Moment zu dir selbst, und ließ mich auf einer Bank nieder.

Die Schaukel, das Klettergerüst und die Wippe störten mich nicht. Auch nicht die beiden gar überaus possierlich anzusehenden Kinder, welche friedlich nebeneinander im Sandkasten spielten. Vier Jahre alt mochten sie sein, vielleicht auch fünf. Ein Mädchen, blond gelockt und engelsgleich. Ein Junge, frecher Haarschnitt, kecke Nase, blaue Latzhose und rotes Halstuch. Niedlich! Sie häuften Sand auf, gruben Löcher, häuften Sand auf und gruben Löcher. Hach, Kinder! Ihre Mütter saßen auf einer mir gegenüberliegenden Parkbank nebeneinander, still und im Anblick auf ihre Nachkommenschaft vertieft. Die blonde, dauergewellte, etwas fülligere Dame gehörte dem Äußeren nach fraglos zu dem kleinen Engelchen. Die rothaarige Mittdreißigerin nach menschlicher Voraussicht zu dem Jungen. Soweit ich erkennen konnte, hatte sie die Lider gesenkt. Wahrscheinlich war sie vor lauter Entspannung eingenickt. Das Leben ist einfach und schön.

Ein Idyll der Ruhe und Meditation. Genau das brauchte ich jetzt. Der Lauf hatte mich doch etwas erschöpft. Die Sonne kam heraus. Ich schloss meine Augen und döste gelöst vor mich hin.

»Meine Schaufel, du Loch!«

Ich öffnete ein Auge.

»Nein, die Rote ist doch meine. Dir ist die Gelbe«, sagte der kleine Junge kleinlaut und zeigte auf eine gelbe Schaufel, die einsam im Sand lag.

»Piss dich, du Arsch!«

Ich öffnete das andere Auge. Kamen diese unflätigen Worte von dem putzigen Mädchen? Blauäugig, blond gelockt und rosige Bäckchen? Mein Blick erhaschte Unfassbares. Das knuffige Püppchen hatte sich in eine Furie verwandelt. Hasserfüllt schaute sie den Jungen an; die blonde Mähne hing ihr wirr wie ein Mopp ins vor Wut gerötete Gesicht, während sie fleißig dabei war, ihrem Gegenspieler etwas Rotes aus den Händen zu reißen. Mit Erfolg. Doch damit war dem noch kein Ende gesetzt. Das Herzchen begann, wild mit der Schaufel auf den Jungen einzudreschen. Der versuchte erfolglos, sich zu wehren.

Wie gesagt, ich war ausgesprochen erschöpft und übte mich in Gelassenheit. Kinder, dachte ich. Mama wird das schon regeln und helfend einspringen. Ich beschloss, mich nicht aus der Ruhe bringen zu lassen und senkte meine Lider ein weiteres Mal hinab.

»NAOMI«, ertönte es donnerschlaglaut von nebenan, »lass den verdammten Balg in ruh´.«

Mein Idyll verabschiedete sich und ging schon mal heim.

Die kleine Blonde hatte jedoch nicht die Absicht, aufzuhören. Seitens der Mutter folgte sogleich eine etwas massivere, gar dröhnende

Aufforderung: »Naomi Schwöbel, här soford uff oder isch knall dir äni!«

Offenbar regelt man in diesen Geläufen die Erziehung über Zuruf. Die Dame brüllte zwar wie eine rasende Löwin, dachte jedoch nicht daran, aufzustehen, um die Zerstörungswut ihres wohlgeratenes Engelchen zu unterbrechen. Kaum aufgebrüllt, schon lehnte sie sich zurück und zündete sich in stoischer Gelassenheit eine Zigarette an. In diesem Moment wachte ihre Banknachbarin auf, erkannte sofort die brenzlige Situation und eilte zu ihrem Sohn. Löckchen hieb immer noch auf den Kleinen ein und schrie dabei wiederholt: » Schaufel. Meine Schaufel!«

Die Mutter des Jungen nahm dem tobsüchtigen Biest den Tatgegenstand weg und zog ihren Spross aus der Gefahrenzone. Während sie ihrem Filius den Sand aus dem Mund pulte, wandte sie sich halb zu Madame Schwöbel um und sagte folgende Worte: »Ich glaube nicht, dass es haltbar ist, wenn mein Lars-Olaf weiterhin mit Ihrer Tochter spielt.«

Wie gesagt, war ich über die Maßen erschöpft. Zu erschöpft, um mich zu erheben. Vielleicht aber auch zu neugierig, um zu gehen. Es versprach, interessant zu werden.

Mama Schwöbel wurde verdächtig rot im Gesicht und stürzte sich gleich darauf mit Kriegsgeheul auf Lars-Olafs Erziehungsberechtigte. Diese ließ überrumpelt die Schaufel fallen und von ihrem Kind ab. Die blonde Bratze saß im Sand und schrie nach ihrer roten Schaufel.

Das war ein Gewusel und Gemenge vor dem Herrn. Irgendwann hatte Engelchen die rote Schaufel wieder und Lars-Olaf saß gefesselt und geknebelt auf der Wippe. Die alte Schwöbel kniete auf der Rothaarigen und war gerade dabei, deren Aufbegehren mit Sand zu ersticken. Sie nahm dazu die gelbe Schaufel. Die rote hatte ja ihre Tochter.

Nun, ich war immer noch sehr erschöpft. Voll des Vertrauens in die Vernunft und Weitsicht erwachsener Menschen, atmete ich tief durch. Der Berg ist hoch. Übe Gelassenheit.

Jemand musste wohl die Polizei gerufen haben. Ich hörte das typische Jaulen von Sirenen. Aber da war ich schon längst zu Hause.

Ernsthaftes

Warme Decken

In meinem Alter läuft das Leben gemächlicher. Große Pläne und Träume, all´ das liegt weit hinter mir. Friedlich und ruhig gleitet mein Dasein nun dahin, so wie das kleine Fischerboot sanft auf den Wellen schaukelt.

Ich beobachte es, wie es früh morgens auf das Meer hinaus gleitet und einige Zeit später voll beladen wieder in den Hafen einläuft, festgetäut wird und auf den Morgen wartet.

Oft wandert mein Blick zu einem kleinen Balkon. Dahinter lebt eine Familie. Durch die Fenster kann ich erkennen, wie die Kinder spielen, bunte Bilder betrachten und wachsen. Sie wachsen schnell. Meine eigene Kindheit kam mir länger vor. Das älteste Kind – ein Mädchen – lebt seit letztem Jahr hinter einem anderen Balkon. Die Mutter hat sehr geweint, als sie fortging. Es war kalt damals, Schnee lag auf den Wegen, sie saß auf ihrem Balkon, dick eingewickelt und weinte. Dieses Jahr hat sie eine Pflanze, die sie täglich mit Wasser versorgt. Sie spricht mit ihr. Ich höre nicht, was sie sagt, weil der Wind die Worte in eine andere Richtung trägt. Manchmal jedoch wünsche ich mir, auch bei mir bleibe jemand stehen und spräche mit mir. Da es aber niemandem in den Sinn kommt, stehe ich weiter und beobachte.

Es ist schön, den weichen Frühlingswind zu spüren oder den, der im Herbst mit den Blättern tanzt. Schön zu sehen, wie hinter dem Balkon die Lichter angehen, sobald die untergehende Sonne den Horizont blutrot färbt, das Fischerboot auf den Wellen schaukelt, und ab und an ein kleiner Hund bei mir stehen bleibt. »Guter Hund«, sage ich dann. Er schnüffelt kurz und läuft weiter. Er kann mich nicht verstehen, er ist nur ein Hund.

Seltsame Menschen gehen an mir vorüber: Mädchen mit riesigen Schuhen und winzigen Röcken; Buben mit Ringen im Ohr oder an der Augenbraue. Es wäre wichtig, sagen sie, immer IN zu sein. Was immer das auch sein mag – in meinem Alter sind solche Dinge nicht mehr wichtig. Auch die Frau auf dem Balkon verändert sich. Mal trägt sie ihre Haare lang, mal kurz, in einer anderen Farbe, und von Jahr zu Jahr wird sie stämmiger – ebenso wie ich.

Seit Kurzem ist ein kleiner Hund ihr ständiger Begleiter, vielleicht, weil ihre Kinder nun alle nicht mehr bei ihr sind. Meine Kinder sind in alle Himmelsrichtungen zerstreut und haben an anderen Orten Fuß gefasst. Die Einsamkeit ist nun meine treue Freundin. Sie lässt mich beobachten, den Wechsel der Jahreszeiten genießen und mich auf den Tod vorbereiten. Doch das kann noch lange dauern – ich bin stark und zäh.

Täglich führt sie ihren Hund spazieren und redet mit ihm. Es macht mich traurig zu sehen, wie sie scheinbar in der Vergangenheit lebt. Gebeugt geht sie am Grasstreifen entlang und scheint nicht zu spüren, wie der sanfte Wind tröstend in ihr Haar bläst. Sie scheint den stärkenden Regen nicht zu spüren, auch nicht die versengende Sonne.

Manchmal setzt sie sich neben mich. »Du und ich, was, Streuner?«, höre ich sie zu ihrem Hund sagen und einen Seufzer ausstoßen. Dann blickt sie hinauf zu ihrem Balkon. Vielleicht hofft sie, dass Lichter angehen, sie ihre Kinder wachsen sieht.

Jetzt, im Herbst, weilt sie nur kurz neben mir. Nur so lange, bis es sie fröstelt.

»Komm, Streuner.« Sagt sie dann, »wir gehen hinein und kuscheln uns in warme Decken.«

Auch ich werde bald meine warme Decke bekommen. Dann, wenn der erste Schnee fällt und ich alle meine Blätter abgeworfen habe.

Aus! Zeit!

Manchmal sitze ich einfach nur und schaue. Wohin? Irgendwo hin. Gelegentlich auf irgendeine Wiese.

Mein Hund buddelt ein Loch und ist total versunken, nimmt Nichts um sich herum wahr. Ich schaue ihm ebenso versunken zu. Beobachte das Spiel seiner Muskeln. Lächle, wenn er die Erdbrocken ausspuckt. Mein Blick schweift zum Horizont. Ich kneife die Augen zusammen, schließe sie und lass die Sonne rein. Es ist still, es ist schön. Es gibt gerade Nichts zu tun. Neben mir lässt sich kurz ein Schmetterling nieder. Ich kann den Frühling riechen, die ersten Gänseblümchen sehen. Der Atem fließt ruhig. Total entspannt.

Keiner drängelt, keiner hetzt, keiner will etwas von mir. Das tut gut. Zumindest die nächsten zehn Minuten.

Die kleine Auszeit geht schnell vorüber. Dann greift der Alltag. Schnell, schnell, hurtig, zack zack! Die Budgetabgabe schreit ähnlich dringlich wie die Bügelwäsche, der Zahnarzt- und der Vorsorgetermin. Zwischendurch werden Kind oder Mann krank, bestenfalls beide zusammen. Beim haarigen Vierbeiner steht die Impfung an und der Wagen hechelt der längst überfälligen Wartung entgegen. Und ach, das Brot ist ausgegangen. Kann ich auf dem Weg zum Sport besorgen. Kein Problem. Das galoppiere ich doch auf einem Bein. Schnell, schnell.

Die Uhr sowie alle anderen bestimmen meinen Takt. Der eigene Anspruch tut sein Übriges dazu. Ein Dauerlauf durch den Tag. Fix noch den Geschirrspüler ausräumen, die Steuerunterlagen sortieren und den Boden von leblosem Hundefell befreien. Eigentlich sollten die Fenster auch mal wieder geputzt werden. Erst mal im Büro anrufen, den Termin bestätigen. Excel ist ein Arschloch!

Stopp! Hinsetzen. Zurücklehnen. Füße hochlegen. Schauen. Irgendwohin. In den Garten. Der Frühling ist bunt. Er leuchtet Gelb, Orange, Rot, Lila, Blau. Herrlich! Und duften können sie auch noch, die Farben. Ich lächle, fühle mich wohl. Durchatmen, tief atmen. Auszeit. Nur eine kurze Weile. Den Blick nicht zielgerichtet auf etwas lenken, sondern irgendwohin. Ins Leere. Vielleicht eine Tasse Kaffee? Hin und wieder schaue ich meiner kleinen Palme beim Wachsen zu. Sie wächst sehr langsam. Doch mit einem Male entdecke ich drei neue Triebe, die gestern noch nicht da waren. Oder doch? Wie schnell die Zeit vergeht.

Wenn ich jedoch einfach nur so da sitze und schaue, dann vergeht die Zeit etwas langsamer. Ruhiger, gemächlicher, entspannter. Runter fahren. Kurz innehalten. Nur ein paar Minuten hier und da. Das hilft mir, dem Tag das Tempo zu nehmen, mich zu entschleunigen.

Manche nehmen Kurse zur Entspannung. Power-Napping, progressive Muskelentspannung, Burn-out-Prävention, transzendentale Meditation oder Tanz-Deinen-Namen-Kurse.

Ich setz mich hin und gucke. Gelegentlich einen Tag Wellness. Um was zu tun? Einen ganzen Tag lang irgendwo fläzen und irgendwohin schauen. Ein Buch lesen ohne die Uhr im Anschlag, Musik hören und dabei einschlafen.

Manchmal gehe ich laufen. Auch das macht frei und lässt die Gedanken fließen. Beschleunigen zum Entschleunigen.

Aus! Zeit!

Spaziergang mit Danny

7:30 Uhr. Samstagmorgen. Februar.
Die Landschaft strahlt in zentimeterdickem Weiß und die aufgehende Sonne, die sich mehr erahnen als sehen lässt, taucht den Himmel vereinzelt in zartes Blau. Leichter Nebel legt sich über die Wattebauschkulisse und entspannt die Sinne. Mein Hund steckt die Nase in den Schnee, prustet, lässt sich fallen, wälzt sich und ist glücklich.

Auf dem Feldweg vor mir steht ein kleiner Junge mit seinem Fahrrad. Er wartet, bis ich bei ihm bin.

»Hallo.« Er strahlt mich an. »Ist das dein Hund? Wie heißt er?«

Ich nicke und verrate ihm den Namen.

»Ein schöner Hund«, redet er weiter und schiebt sein Fahrrad neben mir her. »Meine Tante hat auch welche. Therapiehunde«, sagt er stolz und holt aus seiner Jackentasche kleine Hundekuchen hervor. »Deswegen habe ich immer welche dabei. Meine Tante lebt in Bayern. Leider sehe ich sie nicht so oft. Aber die Leckerlis darf ich mir immer mitnehmen. Darf ich?« Wieder nicke ich und lächle.

Danny ruft meinen Hund zu sich, spielt mit ihm im Schnee und wirft meinem Hund hin und wieder ein Leckerli zu.

Eigentlich ist sein Name Daniel, doch seine Mutter rufe ihn nur Danny. Auch in der Schule ruft ihn jeder so. Er mag den Spitznamen »Danny« gern, sagt er.

»Weißt du«, strahlt er, als er wieder sein Fahrrad schiebt, »wir wohnen erst drei Jahren hier, davor haben wir in Köln gelebt.«

Ich möchte von ihm wissen, was er so mutterseelenallein morgens auf dem Feld macht?

»Den Schnee genießen«, sagt er. Er liebt es, am Wochenende oder in den Ferien früh morgens mit dem Fahrrad über die Felder zu brausen. Insbesondere bei Schnee.

»Komm«, ereifert er sich, »da vorne ist der Weg, der total schwer zu fahren ist, wenn so viel Schnee liegt. Deswegen macht es mir so viel Spaß, wenn ich den Weg geschafft habe. Denn danach gehe ich nach Hause, kuschele mit meiner Mama auf dem Sofa und trinke einen Tee. Unter der Woche kann ich so was leider nicht tun, weil ich da keine Zeit habe. Aber jetzt in den Ferien mache ich das jeden Tag.«

Gemeinsam steuern wir den unebenen und grasnarbigen Weg an, dessen Tücke heute unter Schnee verborgen liegt. Mein Hund und Danny toben voraus, ich spaziere hinterher und lächle, wie beide außer Atem wieder auf mich zustürmen.

Danny lacht. »Zum Glück ist mein Rad heil. Hier«, er zeigt stolz auf die Kette an seinem klapprigen Fahrrad, »Erst gestern bin ich noch auf den Radhof gelaufen und die haben mir ganz umsonst meine Kette repariert.«

Das Gefährt des Jungen ist sehr alt und rostig. Am Lenker hängt eine schwarze Kunstledertasche mit Schnallen. Danny hat sie mit Schnüren am Lenker befestigt und benutzt diese für sein Flickzeug und für allerlei Fundstücke wie schöne Steine, Blätter, ein Stückchen Holz.

Plötzlich sieht er auf seine Uhr. »Oh, schon kurz vor neun. Ich muss nach Hause. Meine Mama hat gesagt, wir frühstücken um neun Uhr. Kommst du auch heute zum Mittagstisch?«

Ich weiß nicht, was das ist und frage nach. Es ist ein Mittagessen unserer Markusgemeinde. Er geht dort jede Woche mit seiner Mama hin.

»Ich bin ein Trennungskind, weißt du«, sagt er, »Aber das ist nicht schlimm, ich kann damit gut umgehen.«

Er winkt mir zu und nimmt auf dem Rückweg jede halbgefrorene Pfütze mit, die er kriegen kann. Noch lange höre ich ihn aufjauchzen, wenn er durch eine hindurchfährt und die eisigen Schlammbrocken um ihn herum aufspritzen.

Danny ist erst acht Jahre alt. Und Danny hat meinen allerhöchsten Respekt.

KONTAKT

Haben Ihnen die Texte gefallen? Dann würde ich mich ganz besonders über eine Bewertungen bei Amazon oder bei anderen Shops freuen.

www.jo-berger.com
www.facebook.com/JoBergerAutorin

Bisher erschienen:

Manhattan Millionär

Mit Mandelkuss und Liebe

Himmelreich und Honigduft - Band 3

Ein Engel für Jule

Bedingt Wetterfest

Leonardos Zeichen

Das liegt am Wetter – Band 1

Das liegt am Wetter – Band 2

LESEN SIE AUCH ...

Alltagssituation mit einem Schmunzeln durchleuchtet und seziert.

Warum bleiben wir bei der Werbung vor dem Fernseher sitzen? Haben eigentlich auch Männer Problemzonen? Wieso ist es gleich, ob wir ins Kino oder in Theater gehen? Warum beneidet mein Hund die Chinesen, und weshalb sind Mütter stets flexibel, einsatzbereit und nie krank? Wenn einer die Antworten weiß, dann ist das Heiner. Mein Vater. Sie kennen ihn noch nicht? Vielleicht doch. Diese Spezies ist recht häufig vertreten. Habe ich mir sagen lassen.